KB005640

옛글
한국의 명문장 읽기

유임하

1962년 경북 의성 출생.
동국대학교 국문학과, 동 대학원 국문학과 졸업. 문학박사.
현재 한국체육대학교 교양교직과정부 교수.

대표 저서로 『소학독본·유몽휘편』(편역, 2015개정판), 『북한의 우리 문학사 인식』(공저, 2014),
『근대 '국어' 교과서를 읽는다』(공저, 2014), 『삼대세습과 청년지도자의 발걸음-김정은시대의
북한문학예술』(공저, 2014), 『북한시학의 형성과 사회주의문학』(공저, 2013), 『북한소설선』(편저,
2013), 『소학독본』(편역, 2012), 『미디어를 요리하라-스포츠인재들을 위한 40가지 인터뷰매뉴
얼』(2인 공저, 2012), 『반공주의와 한국문학의 근대적 동학 1, 2』(공저, 2008, 2009), 『북한의 문화
정전, 총서 '불멸의 력사'를 읽는다』(공저, 2009), 『한국소설과 분단이야기』(2006), 『한국문학과
불교문화』(2005), 『한국문학과 근대성 연구』(2003), 『기억의 심연』(2003), 『분단현실과 서사적
상상력』(1998) 등 다수가 있다.

옛글 한국의 명문장 읽기

초판 1쇄 발행 2017년 7월 25일

편 저 자 유임하
펴 낸 이 최종숙
펴 낸 곳 글누림출판사

책임편집 이태곤
디 자 인 안혜진 최기윤 홍성권
편   집 권분옥 홍혜정 박윤정 문선희
마 케 팅 박태훈 안현진 이승혜

주   소 서울시 서초구 동광로 46길 6-6(반포4동 577-25) 문창빌딩 2층(06589)
전   화 02-3409-2055(대표), 2058(영업), 2060(편집)
팩   스 02-3409-2059
전자메일 nurim3888@hanmail.net
홈페이지 www.geulnurim.co.kr
블 로 그 blog.naver.com/geulnurim
북트레블러 post.naver.com/geulnurim
등록번호 제303-2005-000038호(2005. 10. 5)

정가는 책표지에 있습니다.
ISBN 978-89-6327-455-3 03810

출력·인쇄·성환C&P **제책**·동신제책사

＊잘못된 책은 바꿔 드립니다.

＊ 이 저서는 2015학년도 한국체육대학교 자체학술연구과제 지원을 받아 수행된 연구임

옛 글

한국의 명문장 읽기

유임하

글누림

1

이 책의 구상은 2015년 2월에서 8월 사이, 우리 대학에 걸맞는 교육 이념을 어떻게 구체화할 것인가를 놓고 벌인 난상토론에서 시작되었다.

최고의 스포츠인재를 길러내는 국립특성화대학으로서의 자부심과 현실은 시대변화에 따른 지속가능한 교육 이념과 목표 설정으로 대체돼야 할 시점이었다. 스포츠내셔널리즘에 근거한 '체육보국'의 산실이라는 초창기의 교육이념은 타매되기 일쑤였고 낡은 시대정신으로 치부되기 시작했다. 이를 대체할 교육이념은 어디에서 구할 것이며 그 근거를 마련할 것인가를 놓고 동료교수들과 치열한 논전을 벌였다.

몇 달 간, 많은 난상토의와 오랜 논쟁 속에서 얻은 빛나는 경험 하나는 서로 관련되지 않고 이해가 상충되는 지성들끼리 벌이는 치열한 사유의 충돌이 전혀 새로운 논의의 가능성을 열어 주었다는 사실이었다. 이는 집단지성의 힘이기도 했다. 체육특성화대학에서 스포츠 체육전공과는 무관한, 그러나 교양의 기초를 마련하도록 해야 할 어정쩡한 전공 탓에(나는 교양교과목인 국어와 문학, 교양한문을 담당하고 있다) 늘 내가 수행해야 할 역할을 고심하곤 했다. 비록 짧은 기간이었지만 우리 대학의 미래상을 스케치할 계기를 마련했다.

그러나 대학발전이라는 문제는 현실에 대한 진단만이 모두가 아니다. 여기에는 꿈꾸어야 할 상상도 병행돼야 한다. 학령인구 감소라는 불확실한 미래 앞에 겪는 혹독한 구조조정도 과감히 돌파하려면 그 방책은 무엇인가, 무엇이어야 하는가 등등, 몇달 동안 진행된 논쟁 속에서 숙고해야 할 것들이 자연스레 정리되어갔다. 동료들과 나눈 치열한 토론은, '국내 유일의 국립 체육 특성화대학'이라는 현실에 걸맞게, 더 나아가 성공적인 사회화를 가능하게 할 스포츠인재 교육의 방향과 토대를 어떻게 마련할 것인가 하는 내용으로 자연스레 수렴되었다.

당시 내가 생각했던 교육이념의 핵심지표 중 하나는, '시민'이라는 주체의 중요성에 대한 재인식이었다. 우리 대학의 교육이념은 스포츠체육의 전문성 제고를 큰 목적으로 삼고 있다. 하지만 구체적인 목표는 전문체육 인재와 생활체육 인재의 양성에 있다. 그러나 지금까지 지탱해온 스포츠체육의 전문성 제고라는 교육이념을 좀더 상위의 내용으로 대체할 수는 없을까 고심을 거듭했다. 전문교육기관에 걸맞는 교육 이념을 고안할 필요성이 제기되는 시점이었으므로 마땅히 이에 대한 철학적 교육적 고민과 성찰이 필요했다. 전문체육과 생활체육이라는 두 개의 바퀴가 하나인 교육이 목표라면 그 위에 놓아야 할 핵심 가치는 마땅히 '시민성의 제고와 함양'이어야 한다는 게 최종적인 판단이었다.

2

체육 스포츠는 무엇보다도 인간에 대한 교육이자 전문화된 문화이다. 인간의 신체활동 중에서 체육 스포츠는 전문영역에 속한다. 이 영역이 사회 구성원들에게 깊은 감동을 주고 명예를 드높이며 대중적 열광과 숭배의 대상이 되는 주요한 이유의 하나도 그것이 가진 인문학적 가치, 인간의 한계를 넘어선 영구혁명의 정신 때문이다. 실패를 무릅쓴 도전과 좌절, 이를 딛고 일어선 승리는 하나의 거룩한 인간 드라마이다.

체육 스포츠의 모든 프로세스 안에는 자기관리가 전제돼 있다. 최고의 경기력을 유지하기 위한 자기관리의 엄격함은 단지 신체적 차원에 머물지 않는다. 경기력 향상을 위한 제반 노력에는, 반복되는 훈련 속에 더 나은 기술을 체득하려는 노력이 깔려 있다. 이는 체력과 정신력의 문제로만 그치지 않고 세밀한 관찰력과 그에 수반되는 지성을 요구한다. 한곳으로 집중하는 수도승과 같은 단순한 생활과 평정심, 지도자의 지도와 상대하는 팀이나 선수에 대한 파악과 전략의 수립 등등, 선택과 집중을 통해 획득하는 결정체가 바로 경기력에 해당한다. 결국 최고의 경기력은 반복되는 훈련에 깃들지 모르는 지루함과 환멸을 딛는 높은 자긍심, 자기를 통찰하고 반성하는 수도승과 같은 면모에서 비롯된다고 할 것이다. 그러니 경기가 끝난 뒤 승리의 소감을 피력하는 순간, 패배자를 위로하는 모습에서 드러나는 것은 그가 지닌 인간애, 극한의 조건 속에 단련해온 인간미일 터이다.

이렇듯 체육 스포츠에는 경기력 향상을 위한 집약된 과학기술과의 연관, 훌륭한 지도자 여부, 경기결과에 대한 깨끗한 승복, 승자에 대한 존중과 패배에 대한 반성 등의 인간학이 한데 녹아 있다고 할 만하다. 스포츠에서 영광과 명예는 고스란히 승자에게 돌아가지만 그렇다고 해서 패배자의 삶을 존중하지 않는 것은 아니다. 승자는 수도승과 같은 삶과 단순명료한 생각, 타의 추종을 불허하는 집중력, 높은 수준의 경기력을 발휘해서 얻은 값진 결과이다. 그가 승리로 거머쥔 명예와 부는 그간의 노고를 상쇄해줄 뿐만 아니라 그 자격이 충분함을 시사한다.

하지만 승자가 되면서부터 그는 모든 경쟁자의 목표가 된다는 점도 기억해야 한다. 이 냉엄한 현실을 절감하는 이는 결코 소리 높여 승리의 기쁨을 이야기하지 않는다. 그보다는 자신의 승리를 가능하게 해준 조건과 조력자들에게 먼저 감사하는 겸손을 보인다. 이것이 바로 스포츠가 몸으로 가르쳐주는 덕목이다.

3

최근 명문 사립 여대에서 벌어진 사태를 시작으로 체육인재 양성 시스템에 대한 사회적 합의가 전혀 다른 방식으로 바뀔 가능성이 그 어느 때보다 높아졌다. 스포츠체육이 서구에서처럼 자기성취의 과정으로 이해되고 신뢰할 만한 참조대상이 될 만큼 우리 사회의 체육스포츠의 수용 범위가 넓어졌다는 것도 그같은 변화를 추동하는 배경이다. 그런 만큼 우리 대학의 교육 이념 역시 전면적인 재고가 필요한 시점임에 틀림없다.

하지만 '체육인재들의 전문성과 시민성의 조화'는 어디에서 시작해야 할 것인가? 그 방향과 내용을 숙고하던 중, 내 경우 한국 문학과 문화 속에서 해답을 찾아야겠다는 생각에 도달했다. 한국 문화의 전통 안에는 세계를 바라보는 안목과 통찰, 상대에 대한 배려와 인간으로서의 품격 따위를 논할 만한 숱한 보물들이 잠자고 있다는 믿음이 있었다.

이 책에 수록된 '한국의 명문장'은 고대로부터 근대에 이르는 글 속에서 가려 뽑은, 겨우 서른 편 내외에 지나지 않는 분량이다. 하지만, 글을 선별하는 과정에서 취한 준거는 국가와 민족을 사랑하는 마음과 세계에 통용되는 보편적 가치를 어떻게 조화시킬 것인가 하는 데 있었다. 스포츠인재들에게 필요한 시민정신에 기초한 인간학을 감안해서 맥락화하는 일은 간단치가 않았다. 이들 글을 난삽함에서 건져내기 위해 읽기에 적당한 현대역으로 풀어내야 했고, 그에 따라 의역도 감수해야 했다. 그런 만큼 의미 전달에는 힘을 쏟았지만 수록한 글이 여전히 미흡해 보이는 게 솔직한 심정이다.

게다가 글 전체의 윤곽을 어떻게 그리고, 그 안에 어떤 글들을 배치해야 할 것인가를 놓고 많은 글들을 읽어가며 오랜 기간 고심했다. 오늘의 세계가 요구하는 시민의 정신이란 과연 무엇인가 하는 것이 핵심이었다. 그 첫번째 단서는 공동체 정신, 더불어 살아가는 모습에서 찾았다. '더불어 살아간다'는 것은 '자신만의 세계'를 만드는 것이 유일한 목표가 아니라 상대와의 소통을 통해 다른 이들의 세계도 함께 일구어간다는 상호존중과 배려에 인식에서 출발한다. 그런 측면에서 두번째 단서는 자신을 포함하여 타인에 대한 공감, 문학과 문화에서 요구되는 감정지수에서 찾고자 한다. 공동체의식과 '더불어 살아간다'는 정신을 바탕으로 삼고 타인과 정서적으로 공감하며 교감을 나누는 것은 문화의 출발점이자 모태가 된다. 그런 까닭에 이 책에서 가려 뽑은 글들은 모두, 자기 나라 역사의 소중함을 이해하는 데서 출발하고 있다.

이 책에서 말하는 '명문장'이란, 시대를 대표한다기보다 우리가 참조해야 할 좋은 글의 사례쯤으로 보는 게 타당하다. '명문장'이라는 통로는 우리가 세계를 이해하고 스스로 해석하는 주체로 거듭나는 데 필요한 도구에 지나지 않기 때문이다. 우리가 오래전 접해서 잘 알고 있는 문장도 있을 터이나 군이 이 범주에 포함시킨 것은 각별한 이유가 있다. 시대를 살아가는 수많은 인간들의 일반적인 눈높이에 걸맞는 여러 이야기와 표현을 익히면서, 이를 통해 지난 날 선조들이 살아온 족적과 사유의 윤곽을 가늠해 보고, 이를 내 정신 근육을 만드는 계기로 삼자는 것이 이 책의 본래 취지이다. 선조의 치열한 삶과 진지한 사유가 가진 드넓은 윤곽은 오늘날 우리 스포츠인재들이 지녀야 할 시민적 교양과도 관련이 깊기 때문이다.

부디 이 책이 스포츠인재들의 시민의식 배양에 기여했으면 하는 바람이다. 민족과 국가, 사회공동체, 개개인에 이르는 영역에서 시민의식을 갖춘 교양인으로 활약하기를 바라는 마음이다. 말의 정확함으로 의사를 표현하고 글의 호소력으로 스포츠의 감동을 남기는 이들이 되기를 바라는 마음 뿐이다.

2017년 여름 유임하

차례

1

잘 만들어진 한 편의 글(또는 책)을 읽는다는 것은 그것을 지은 사람의 집약된 사고와 논리와 통찰과 만나는 값진 순간이기도 하다. 말이 글로 종이와 화면 위에 새겨지면서 일어나는 물리적 변화의 하나는 공기 속으로 속절없이 사라져버릴 운명을 건져내어 영속화된 사건으로 고정시켜 놓는다는 점이다. 글은 목소리로 된 언어를 시간과 공간의 제한을 넘어서게 만드는 일대 사건인 셈이다.

글을 쓰는 자에게는 특권 하나가 있다. 그것은 자유로운 상상과 사고의 유영(遊泳)을 통해 자신을 세계의 중심에 배치해 놓는다는 것이다. 이 특권적 지위는 세계의 모든 것들을 대상으로 자신이 직조하는 이야기들로 빚어내는 원천을 이룬다.

한 편의 잘 짜인 글 중에서도 특히 시는, 읽는 품에 비해 가외로 얻는 의미와 깨달음이 참으로 많다. 이처럼 가장 적은 글자로 된 표현으로 엄청나게 함축된 마음과 만날 수 있다는 것이 큰 즐거움의 하나이다. 윤동주의 「서시」처럼 어두웠던 시대를 살았던 고결한 인간의 생각과 만나고 그의 마음이 지향했던 삶의 가치와 대면

하고 어려웠던 시대의 현실을 짐작할 수 있다는 것도 또다른 큰 즐거움이 아닐 수 없다.

2

글을 읽는다는 것, 시를 읽는다는 것은, 스마트폰 보급률 세계 1위의 현실과 겹쳐보면 보잘것없는 일일지 모른다. 그 행위는 낮고 낮은 저자의 목소리라서 귀를 기울이지 않으면 들리기조차 어렵고 쓸모없어 보인다. 허나 그 쓸모없음이야말로 인간이 어떤 존재이고, 어떻게 살아야 할 것인지, 자신의 외로움과 쓸쓸함을 다른 이들은 어떻게 겪었는지를 되묻는 원점이라는 점에서 매우 소중하다.

전철이든 버스든, 대중교통을 타고 다니다 보면 아이에서 노년에 이르는 분들이 스마트폰으로 드라마나 영화, 게임에 몰두하고 있다. 이런 행위에 몰두하는 것이 선악이나 호오의 문제는 결코 아니다. 다만 내겐, 몇 해 전부터 생겨난 이 당혹스러운 사회 변화가 끔찍하게 여겨진다. '영상을 소비하는 일'이 주는 몇 가지의 경고 때문이다. 문화란 생산을 위한 창조를 관심 있게 지켜보며 그 동력을 발견하는 기쁨에서 만들어진다. "문화는 고독이라는 자기 유폐 속에서만 성숙된다."라고 하시던 저명한 시인이었던 은사(恩師)의 말씀이 귓전을 맴돈다.

영상은 화면 위에 엄청난 정보를 시시각각 전달한다. 그런 점에서 영상은 인간의 감각을 전일화하며 즉각적인 느낌으로 받아들이기 만든다. 반면, 글이라는, 종이 여백 위에 놓인 성근 문자 텍스트는 지식 구성의 방식에서 차이난다. 글은 그 성근 메시지의 특성 때문에 읽는 자들이 자신의 생각을 활성화시켜 자신의 공상과 결합시키기가 쉽다.

글쓰기가 두려운 이들의 공통점 하나는 좋은 글을 읽지 않는 습관을 가진 경우가 대부분이라는 것이다. 글쓰기가 두렵다는 이들의 고백은, 생각을 구체화하고 다른 이들이 창안해낸 그토록 성근 언어의 메시지와 여백 안에서 노닐며 생각조차 해보지 않은 이들의 어설픈 탄식으로만 들린다.

3

학생들을 가르치는 시간에 '나를 칭찬하라'는 논제를 내걸고 글을 작성토록 했다. 학생들의 글을 읽으면서 '자신을 칭찬하는' 방식이 너무나 서툴러 매우 놀랐다. 놀라움과 함께 이들은 자기 자신에 대해서만이 아니라 어쩌면 스포츠의 가치를 스스로 발견해 내는 일에도 서툴지 않을까 조심스러워졌다. 자신을 칭찬하기가 몹시 어색하고 낯설다는 학생들의 고충(?)을 들으면서, 그 원인은 아무래도 운동에 전념하면서 매몰된 자신에 대한 가치 발견의 부재가 아닐까 싶었다.

'가치의 발견' 또는 '가치의 자기발견'은 스스로 행하는 노력으로 가능해진다. 그 발견적 가치들은 다른 이들이 발견해낸 가치들의 성찬에 다가서는 데서부터 시작된다. 그러한 가치 발견의 행로는 남들이 발견한 가치에 대한 지속적인 관심과 남들의 마음을 헤아리는 데서 시작된다. 그 내밀한 발견은 대화와 강연 등에서도 이루어지겠지만 주로 글을 읽으면서 가능해진다.

글은 말의 제한된 상황을 넘어선, 잘 정제(精製)된 기록이다. 또한 글은 다른 이들이 새겨놓은 마음의 풍경이자 체계화시킨 지식의 보고(寶庫)다. 글을 읽다보면, 세부 내용을 가려 읽는 훈련도 필요하지만 글 전체에 담긴 요지를 추출해내고 총체적인 판단을 내리는 일이 중요할 때가 더 많다. 전문성에 매몰되면 글이 세부는 명확해지지만, 글에 담은 의도와 장단점을 가능하며 최종적으로 판단해야 하는 글의 가치를 놓치는 경우가 다반사이다. 글의 전체의 가치를 가능하는 일이야말로 인간에 대한 이해, 세계에 대한 심화된 인식에 이르는 행로가 된다.

글을 읽는다는 것은 그 사람의 정신적 지향, 곧 세계관을 읽는 것이기도 하다. 세계관이란 세계를 바라보는 특정인의 시야에 담긴 체계를 가리킨다. 한 권의 책에 담긴 풍성한 이야기의 별들은 그것을 품는 순간 내 마음 속으로 들어와 어둠 속에 헤매는 마음의 행로를 비춘다. 비루하다고 생각하며 좌절의 심연 속으로 빠져드는 무력한 세태의 도저한 절망을 헤쳐나갈 힘은 여기서 생겨난다. 고난을 견디고 거슬러오르며 인간문화의 진전을 도모할, 정신의 근육은 남들이 남긴 생각과 느낌과 주장을 담은 글의 생명력을 어떻게 내것으로 만들 것인가 여부에 달려 있다.

4

세상을 보며 널리 이롭게 할 마음을 먹는 천상의 존재와 인간이 되려는 짐승, 승천한 여종 욱면, 자기 소원 안 들어준다며 부처님께 투정부리다 단잠에 들었다가 깨달음을 얻은 승려, 당찬 어머니의 신심과 그에 걸맞는 아들, 바보로 놀림받던 거지를 대장군으로 변모시킨 공주, 외국에 유학하여 관리가 되어 난리를 글로 평정한 최치원, 진심을 담아 친구를 전송하는 이제현의 글, 스스로 경계하는 글을 지은 이색, 조선이라는 국호를 만든 정도전의 의도와 국가 수립의 이념 등등은 세계와 연관을 맺는 면면을 보여준다.

그러나 인간과 세계에 대한 새로운 이해도 필요하다. 일화를 통해서 엿볼 수 있는 인간으로서의 세종, 문자의 중요성을 갈파한 정인지의 훈민정음 해설, 배움을 격려하는 율곡 이이의 문장, 임진란의 한복판에서 나라를 지켜낸 이순신 장군의 진면목, 임진란에서 교훈을 얻으려 한 유성룡, 글짓기를 병법에 비유한 박지원의 글과 그의 인물평 들이 바로 여기에 해당한다. 하지만 교육과 정치에 대한 정약용의 촌평, 사물에 이름 붙이기를 놓고 고심한 김창협의 글, 지인의 뛰어난 글재주를 안타까워 하며 서문을 써준 김매순 등등은 주장과 생각을 통해 적극적으로 의미와 가치를 생산하는 구체적인 사례들이다. '교육입국'을 선포한 고종의 「교육조서」는 개화의 파고 속에 나라와 교육을 등치시킨 이념의 새로운 선언이다. 또한 민족의 분발을 촉구한 도산 안창호의 연설이나, 안중근 선생의 동양평화론, 역사의 중요성을 갈파한 신채호의 글, 만해 한용운과 윤동주의 시편, 김구의 「내가 사랑하는 조국」 등등은 어두운 시대를 빛낸 높고 맑은 정신의 성좌에 해당한다.

이 서른 편 조금 넘는 글은 모두 우리 나라 우리 민족이 보여준 넓은 시야이자 구성원들의 긍지와 자부심을 담는 그릇에 해당한다. 요컨대 여기에는 신화 속 인물에서부터 역사와 신화를 기록하는 정신에서부터 서민들의 삶에 대한 따스한 인간애가 잘 드러나 있다. 뿐만 아니라, 인류 보편의 가치이기도 한 도전과 숭고한 인내도 녹아 있다. 때로는 구도자의 정진과 깨달음, 신의를 지키려는 마음과 실천이 발휘되기도 한다. 위로는 천상의 세계와 왕으로부터 아래로는 비천한 여종 신분에 이르기까지 사회계층과 남녀노소의 구별 없이 어떤 삶이 아름다운가의 문제로 귀착된다. 이것이야말로 사회공동체가 요청하는 '더불어 살아가는' 상호 존중의 시민 문화이자 문화적 주체의 진면목이 아닐까 싶다.

글을 읽으며 나보다 큰 정신의 깊이와 넓이를 견주어 보는 일은 나의 비루한 일상을 넘어 더 큰 세계로 나아가는 디딤돌이다. 명문장을 읽는 일은 바로 그런 점에서, 인간 개개인과 사회와 세계를 해석하는 새로운 주체의 탄생을 촉발하는 삶의 아름다운 계기가 된다.

옛글

한국의 명문장 읽기

01

우리나라 역사책을 만들어 임금께 바칩니다

김부식

신 김부식(金富軾)은 아룁니다.

옛날의 많은 나라들이 각각 사관(史官)을 두어 일어난 일들을 기록했습니다. 그래서 맹자(孟子)는 '진(晉) 나라의 역사서인 『승(乘)』과 초(楚) 나라의 『도올(檮杌)』⁰¹ 과 노(魯) 나라의 『춘추(春秋)』⁰²는 한 가

---

* 출전 : 「진 삼국사표」-『동문선』

고려 인종의 명을 받아 정사(正史)인 『삼국사기』를 완성한 후 인종 23년(1145)에 임금께 지어 올린 표문.

01 도올은 본래 신화시대인 요임금 시절 먼 서쪽 땅에 사는 것으로 알려진 괴물을 가리킨다. 사람 얼굴에 호랑이 비슷한 큰 몸집에 긴 털로 덮여 있고 멧돼지 엄니에 긴 꼬리를 가진 악한 짐승이다. 본래 왕인 전욱(顓頊)의 피를 받았으나 온갖 악행에 흉포한 성격으로 죽을 때까지 싸우는 성격 때문에 '난훈(難訓 : 가르칠 수 없다)'이라는 별명이 붙었다. 그런 연유로 가르쳐도 되지 않고 말을 해도 알지 못하는 부재자(不才者)인 천하의 백성을 뜻하게 되었다. '도올'이 춘추전국시대 초나라 역사서로 포악한 짐승의 이름을 취한 것은 악을 기록하여 경계하기 위함이었다.

02 『춘추』: 기원전 5세기 초 공자가 편찬한 것으로 알려진 중국의 역사서로서 유교의 다섯 경전의 하나이다. 노나라 은공 원년(BC 722년)부터 애공 14년(BC481년)까지의 사적이 연대순으로 기록돼 있는데 1800항목에 1만 6500자로 된 편년체 역사서임.

지'라고 말하기도 했습니다.

　우리 해동(海東) 삼국은 그 역사가 오래되었으니 사실을 역사책에 기록해야 합니다. 그래서 이 늙은 신하에게 역사를 편집하도록 명을 내린 것입니다만, 제 자신을 돌이켜보아 지식이 충분하질 않으니 어찌해야 할 지 모르겠습니다.

　참으로 황송하고 두려우매 머리를 조아려 엎드려 생각하기를[중사(中謝)],[03] 성상 폐하께서는 요임금의 문사(文思)[04]를 타고나시고, 하우(夏禹)[05]의 근검(勤儉)[06]을 체득하셔서, 부지런히 정무를 돌보시는 틈틈이 지나간 옛날을 두루 살펴보시고는 말씀하시기를, "지금의 학사(學士)와 대부(大夫)는 유교 경전인 오경(五經)을 비롯해서 제자백가(諸子百家)의 서적들과 진나라 한나라 역대의 역사에 대해 두루 정통하고 상세히 설명하는 자가 더러 있긴 하나, 우리나라의 일에 대해서는 도리어 아득하여 그 시작과 끝을 알지 못하니 매우 한탄스럽구나."라고 하셨습니다.

　더구나 신라, 고구려, 백제가 나라를 세우고 정립(鼎立)하고서부터는 예를 갖추어 중국과 서로 통하였으므로, 범엽(范曄)이 지은 『한

---

03 중사(中謝): 신하가 임금께 올리는 글인 상표문(上表文)에서 '誠惶誠懼頓首頓首(성황성구돈수돈수: 참으로 황송하고 두려우매 머리를 거듭 조아리옵니다)'의 8자를 베껴 쓰는 경우 이를 생략해서 쓰는 말.

04 문사(文思): 학문과 교양이 있고 생각이 깊음.

05 하우(夏禹): 하(夏)나라의 개국군왕

06 근검(勤儉): 부지런함과 소박함.

서(漢書)』나 송기(宋祁)가 쓴 『당서(唐書)』에는 모두 열전(列傳)[07]을 두었으나, 중국의 일은 자세히 기록하고 외국의 일은 소략(疏略)히 하여 갖추어 싣지 않았습니다. 또 그 '고기(古記)'라는 것도 글이 거칠고 볼품없습니다. 사적(事跡)이 누락되어 있어서, 군후(君后)의 선악과 신하들의 충사(忠邪)와 국가의 안위(安危)와 인민의 치란(治亂)을 모두 드러내 후대에 교훈으로 삼지 못했습니다. 그러니 재주와 학문과 식견을 갖춘 인재를 얻어 일가를 이룬 역사책을 지어 만세(萬世)에 이르도록 해와 달과 별처럼 빛나게 해야 합니다.

신(臣)과 같은 자는 본래 재주가 뛰어나지도 않습니다. 또 제겐 깊은 학식도 없습니다. 늘그막에 이르러서는 날이 갈수록 정신이 혼미해지고 비록 부지런히 글을 읽긴 하나 책을 덮으면 곧바로 잊어버리기까지 합니다. 붓을 잡으면 힘이 없어 종이에 써 내려가기조차 어렵습니다. 신의 학술이 이처럼 형편이 없고, 예전의 말과 일에 대해 아는 바가 없습니다. 그러다 보니 온힘을 기울여 겨우 책을 완성하였습니다만, 보잘것없어 다만 스스로 부끄러워할 따름입니다.

바라옵기는 성상 폐하께서 저의 어설픈 솜씨를 이해해 주시고 함부로 지은 죄를 용서하셔서, 비록 명산(名山)에 보관할 것은 못 되지만, 간장 단지를 덮는 데에나 쓰이지 않기를 바랄 뿐입니다. 저의 망령된 뜻을 조상들께서 굽어 살펴주시옵소서. 삼가면서 신은 본기(本紀) 28권, 연표(年表) 3권, 지(志) 9권, 열전(列傳) 10권의 책을 찬술

---

07 열전(列傳) : 많은 인물들의 평생 사적을 담는 역사 편찬 방식의 하나.

㈜述)하여 표(表)와 함께 아뢰니, 위로는 폐하께서 직접 살피시는 눈
[천람(天覽)]만 더럽힐 따름입니다.

　이 글은 서거정의 『동문선』, 한말 김택영이 편찬한 『여한십가문초』에 수록돼 있다. 이 글은, 예로부터 유학자들에게 장중하고 간결하며 임금에 대한 충정(忠情)을 담은 모범적인 고문의 한 사례로 꼽힌다.

　이 글은 임금에서 올리는 글 바깥의 상황을 짐작하면 그 묘미가 더해진다. 김부식(金富軾, 1075~1151)이 칠십에 완성한 역사서를 바치는 장면을 떠올리면 그러하다. 늙은 신하가 품고 있는 역사에 대한 가치는 중국의 사서만큼이나 중요한 것임에도 자기 나라의 역사에 대한 몰이해를 지적한 군왕에 "옳습니다" 맞장구치며 반응하는 노련한 신하의 태도가 제일 먼저 떠오른다. 두번째 장면은 역사가 던져주는 교훈의 문제이다. 역사란 임금과 왕후, 신하와 백성에 이르는 잘잘못을 기록으로 남김으로써 그 잘못들을 후손들이 되풀이하지 않는 거울이어야 한다는 사실이다.

　학식과 교양이 풍부한 군왕에 대한 애틋한 충심을 전제로 펼쳐지는 이 글은 자신의 학덕과 능력을 한껏 낮추면서도 그 성과를 굳이 감추지 않는 일관된 흐름을 보여준다. 가령, "명산에 보관할 것은 못 되지만, 간장 단지 덮는 데 쓰이지 않기를 바란다."라는 대목은 자부심을 담은 노련하고도 우회적인 표현이다. 하지만 자신의 학식과 능력을 낮추는 대목이나 노년을 언급하는 대목은 지금의 관점에서 보면 겸양이 과한 듯해서 웃음을 머금게 만든다.

김부식은 엄정한 역사가의 관점에서 삼국의 역사를 기술하는데, 그 정신의 연원은 『춘추』를 집필했던 공자의 정신으로까지 거슬러 올라간다. 소위 '춘추필법'이라는 말에는 글자 하나하나에 공정한 평가에 걸맞는 까탈스러운 표현의 선별과정이 뒤따른다. 그 정신의 요체는 '술이부작(述而不作)'으로 압축된다. '글을 짓되 꾸며 짓지 않는다'는 역사 기술의 정신은 사실 사마천의 『사기』에 토대를 두고 있다. 『사기』의 「열전」처럼 김부식의 『삼국사기』 또한 왕후장상과 평민들의 이야기가 수록돼 있지만, 그 세계는 역사를 만들어간 수많은 인간들의 아름다운 족적들로 가득하다. 우리가 오래전에 접했던 신라, 고구려, 백제의 왕들로부터 직제와 지리, 김유신과 을지문덕, 장보고와 박제상, 온달과 최치원, 관창과 계백 이야기를 거쳐, 명필 김생과 화가 솔거, 도미에 이르는 이야기들이 모두 이 책에 수록돼 있다. 우리가 늘 자랑스러운 역사로 기억해온 세계이다.

이 세계를 축조(築造)한 역사가의 정신은 중립과 객관을 지향하면서도 인간과 세계에 교훈을 전달하려는 이성적 판단에 기초한 촘촘한 행보이다. 모든 글은 제각각 주관적이라는 말도 있지만, 김부식의 문장관은 '사실(史實)의 엄정한 기록'이라는 역사가의 정신에 바탕을 두고 있다. 이 역사서에 기술된 문장, 글자 하나하나에는 마치 꼼꼼한 뜨개질처럼 날줄과 씨줄로 이어지며 인간이 이룩한 가치와 행실에 대한 교훈이 담겨 있다.

02

삼국 시조의 신이한 탄생은
우리와 중국이 다르지 않다

일연

무릇 옛날에는 성인의 반열에 오른 위인들은 예악(禮樂)으로 나라를 일으키고 인의(仁義)로 가르침을 베풀면서도 괴이한 것과 용력, 사리에서 벗어난 것과 귀신을 말하지 않았다.[01]

그러나 제왕(帝王)이 장차 나올 때에는 신표로 하늘의 명을 받거나 예언을 받았다. 이들은 평범한 이들과는 아주 다른 일들을 겪고 나서 능히 큰 변화를 불러일으켰으며 뛰어난 인재를 얻은 뒤에야 비로소 왕위에 오를 수 있었다.

그런 까닭에 복희가 세상에 모습을 드러낼 때 황하(黃河)에서 용마가 등에 지고 나온 그림[02] 하도(河圖)나 신령한 거북 등에 쓰여진

＊출전 :『삼국유사』기이편

01 불어 괴력난신(不語 怪力亂神):『논어』에 등장하는 대목. 공자는 평생토록 괴이함과 용력, 일탈하는 혼란과 귀신에 대해 언급하지 않았다는 구절.
02 하도(河圖)

글03이 나오고 나서 세상에는 위인들이 나타났다. 무지개가 신모(神母)를 감싸안아 복희(伏羲)를 낳았고, 용이 여등(女登)에게 감응하여 염제(炎帝)04를 낳았으며, 황아(皇娥)가 산동성 곡부(曲阜)에 있는 궁상(窮桑)의 들에서 놀다가 자칭 백제(白帝)의 아들이라는 신령스러운 사내[[神童]]와 교통(交通)하여 소호(小昊, 청양씨)를 낳았다. 간적(簡狄)은 알을 삼켜 상(商)나라 시조인 설(契)을 낳았고 강원(姜嫄)은 거인의 발자국을 밟았다가 주(周)나라 시조인 후직(后稷)을 낳았다. 요(堯)임금은 잉태한 지 14개월만에 태어났고, 용(龍)이 큰 연못에서 교접하여 패공(沛公)05이 태어났다.

　이후 일들을 어찌 모두 기록할 수 있겠는가? 그러니 삼국(三國)의 시조(始祖)가 모두 신령스럽고 기이한 데서 났다는 게 어찌 괴이한 일이라 하겠는가! 기이(紀異)가 여러 편목의 맨 앞에 실리게 된 것은 바로 그런 연유에서이다.

---

03 낙서(洛書)

04 신농씨.

05 한나라의 시조인 유방.

『삼국유사』에 담은 일연의 기술방식은 엄정한 역사의 기술방식을 우회한다. 일연 스님이 표방하는 문장의 정신은 인간의 꿈과 소망과 깨달음을 담는 신이한 세계이다. 공자가 '평생토록 괴이함과 완력과 어지러운 것과 귀신에 관해 말하지 않았다'(不語 怪力亂神)라는 준칙은 현실원칙에 충실한 유가의 사상 범주를 압축적으로 보여주는 경우나, 이 책에서는 단호하게 부정되고 만다. 일연의 말인즉, 옛날 성인이 예악으로 나라를 일으키고 인의로 가르침을 베풀 때 비록 '괴력난신'을 언급하지 않았지만, 왕이나 위대한 인물이 나타날 때 남들과 다르다는 것이다. 그가 말하는 '다른 점'이란 제왕의 경우, 상서로운 징표를 경험하고 소문이 돌게 하여 큰일을 도모하는 변화를 불러와서는 마침내 대업을 이룰 수 있다는 것이다. 중국의 예를 살펴보면, 삼국의 시조들의 신비로운 탄생은 결코 괴이한 일이 아니라는 것이다.

'괴력난신'의 긍정은 민중들의 눈높이에 맞추어 하늘의 명을 받드는 명분을 경험한 영웅의 한껏 부풀려진 입소문에 대한 관심과 서로 통한다. 여기에는 무엇보다도 엄정한 역사 기술방식에서 접할 수 없는 민중의 소망이 깃들어 있다. 신비로움이란 평범한 이들이 살아가는 나날의 삶을 넘어 영원불멸의 가치로 인도되기를 바라는 염원이다. 이는 고단한 삶에 시달리는 자들이 상상하는 지고지순한 염원과 동질인 동전의 다른 쪽에 해당한다.

그런 까닭에 『삼국유사』의 이야기에는 '위대한 인물에게 걸맞는 신비로움과 엄청난 능력'이 생생하게 살아 있다. 단군신화로부터 시작된 이야기의 면면은 놀라운 데가 있다. 유학을 떠난 의상과 달리 동굴 속에서 해골에 고인 물을 먹고 해탈한 원효 이야기, 해가 둘이나 나타난 불길한 현상을 노래로 물리친 융천사 이야기, 죽은 누이를 제사 지내며 부른 절창을 부른 가인(歌人) 월명사 이야기, 신라 최고의 미인이었던 수로부인에게 꽃을 바치며 노래 부른 어느 노인의 로맨틱한 이야기, 연모해온 여인이 시집을 가자 그녀를 잊지 못하던 승려 조신이 꿈속에서 그 여인과 함께 살다가 혹독한 시련 끝에 한바탕 꿈에서 깨어나 수도자의 길로 정진해간 이야기에 이르기까지 『삼국유사』의 이야기는 지금 우리네 정서와 다를 바 없는 꿈과 소망, 날것 그대로인 욕망과 기이한 체험들로 가득하다.

이 글은 비록 길이는 단출하지만 기상만큼은 놀랍도록 기세가 높다. 신화와 전설을 되살려 중국과 대등한 역사서술을 꿈꾸었던 일연 스님의 의지는 유가의 조종(祖宗)으로 추앙되는 공자의 가치관과 대척점에 선다. 이 책의 저자 일연은 우리나라의 신이한 영웅의 출현을 유가적 전통 바깥에서 언급하려는 속내를 굳이 감추지 않고

있다. 중국의 수많은 신화 역사서에 등장하는 기이한 영웅 탄생의
설화를 열거하면서 우리 민족의 경우도 다를 바 없다는 것이 그의
주장이다. 삼국의 시조가 모두 신령스러운 탄생의 사연을 가지고
있는 것이 어떻게 괴이한 것이겠는가라는 반문은 그래서 값지다.
그 가치는 『삼국유사』가 딛고 있는 지점이 정사의 바깥, 민간에 통
용되는 역사의 생생한 이면에 있음을 말해준다.

09

세상을 널리 이롭게 하고 조화롭게 다스리다

옛날 환인(桓因)[제석(帝釋)]의 서자(庶子)인 환웅(桓雄)이 천하(天下)에 자주 뜻을 두며 인간세상을 구하고자 하였다. 아버지가 아들의 뜻을 알고 삼위태백(三危太白)을 내려다보니 인간(人間)을 널리 이롭게 할 만한지라[홍익인간(弘益人間)], 이에 천부인(天符印)[01]세 개를 주며 내려가서 인간세상을 다스리게 하였다.

웅(雄)이 삼천 명의 무리를 거느리고 태백산(太伯山) 정상 신단수(神檀樹) 밑에 내려와 신시(神市)라 하고 자신을 환웅천왕(桓雄天王)이라 일컬었다. 풍백(風伯)·우사(雨師)·운사(雲師)를 거느리고 곡(穀)·명(命)·병(病)·형(刑)·선악(善惡) 등 무릇 인간의 삼백육십여 가지 일을 주관하며 세상을 다스리고 교화시켰다.

이때 곰 한 마리와 호랑이 한 마리가 있어 같은 굴에 살면서 항상 신(神) 환웅(雄)에게 기도하되 사람이 되기를 원했다. 이에 신 환웅은

---
* 출전 : 「고조선 왕검조선」 - 『삼국유사』
01 천부인(天符印): 신의 위력과 영험한 힘의 표상으로 인간세상을 다스리는 물건.

옛글: 한국의 명문장 읽기 35

신령스러운 쑥 한 타래와 마늘 스무 개를 주면서 "너희들은 이것을 먹고 백일(百日) 동안 햇빛을 보지 않으면 곧 사람의 몸을 얻을 수 있으리라."라고 말했다.

곰과 호랑이는 그것을 받아먹으며 근신한 지 삼칠일(三七日)만에 곰은 여자의 몸으로 변했으나, 범은 근신하지 못하여 사람의 몸을 얻지 못했다. 웅녀(熊女)는 혼인할 사람이 없었으므로 늘 신단수(神檀樹) 아래서 잉태하기를 빌었다. [환]웅이 이에 잠시 [사람으로] 변하여 그녀와 혼인하였다. [웅녀가] 잉태하여 아들을 낳으니 단군왕검(檀君王儉)이라 하였다.

(이하 생략)

해설

이 글은 흔히 단군신화로 알려져 있지만 자세히 살펴보면 '왕검 조선의 건국신화'로 보는 게 타당하다. '조선'이라는 나라 이름이 나오는 것도 그러하지만, 아득한 옛날을 전제로 하늘님인 환인의 서자가 건국의 시원으로 지목된다는 것도 흥미롭다. '서자'는 장자나 차남이 아니라 권력의 방계, 곧 중심이 아닌 중심 바깥의 존재임을 뜻한다.

이 신화의 묘미는 여기서 그치지 않는다. 서자의 신분을 넘어서려는 의지를 가지고 있었던 환웅은 부권에 의한 인정을 거쳐 시작되는 '신시(神市)'의 시대를 열어젖힌다. '신시의 시대'는 천왕의 시대로서 바람과 비와 구름을 거느리고 곡식과 목숨, 병과 형벌, 선악의 윤리를 주관하고 교화하는 신화의 시대에 해당한다. 신화의 시대는 지상에 내려온 초월적 존재들이 다스리는 시대이다. 신화의 시대가 마감하는 것은 지상의 존재들과 교섭하면서부터이다.

전설의 시대에 주인공은 곰과 호랑이다. 곰과 호랑이는 동물 또는 동물을 섬기는 부족들이 각축하는 시대를 상징한다. 같은 굴에 살면서 인간이 되려는 곰과 호랑이에게 시험이 부과된다. 인간이 되기 위한 입사의례를 통과한 존재는 곰이다. 곰은 환웅에게 사람이 되기를 간청했다. 환웅은 곰의 간절한 소원을 해결해주었다. 여성의 몸을 얻은 곰은 환웅의 아이를 잉태하여 단군왕검을 낳았다.

동물로 변한 제우스가 인간과 동침하여 자식을 낳는 능동적인 모습과는 달리 곰은 환웅에게 간청하여 사람의 몸을 얻는 구조는 타인의 힘을 빌리는 것이다. 단군은 천왕의 아들, 곧 천손이었던 것이다.

가난조차 예술로 승화시킨 삶

백결(百結) 선생은 어떤 사람인지는 알 수 없다. 낭산(狼山)⁰¹아래 살았다.

집이 몹시 가난하여, 옷을 백 군데나 기워서 마치 메추리를 매단 것 같이 누더기였다. 가세나 행색이 이와 같으므로, 사람들은 그를 두고 '동리(東里) 백결선생'이라 불렀다.

---

* 출전 : 「백결선생전」-『삼국사기』

01 경상북도 경주시의 동쪽인 보문동과 구황동 사이에 있는 산. 비록 산의 높이는 낮지만 신라 수도 중심지에서 가까워 일찍부터 문헌에 돼 있다. 『삼국사기』에 413년 (신라 실성니사금 3) 가을 8월에 낭산에서 구름이 일어났는데 바라보니 누각과 같았고 향기가 가득 퍼져 오랫동안 없어지지 않았다는 내용이 보이기도 한다. 이때 왕이 "이것은 반드시 신선이 하늘에서 내려와서 노는 것이니 마땅히 이곳은 복 받은 땅이다"라고 하였고, 이때부터 사람들이 이곳의 나무 베는 것을 금지하였다고 기록되어 있다.

02 사슴가죽옷에 새끼띠를 매고 늘 거문고를 타며 노래를 부르고 다녔다는 중국 춘추시대의 은사(隱士). 전설에 따르면 일찍이 성(郕)의 들판에서 공자(孔子)와 대화를 나누다가 스스로 "첫 번째 즐거움은 사람으로 태어난 것이고, 두 번째 즐거움은 남자가 된 것이고, 세 번째 즐거움은 90세까지 장수한 것"이라는 세 가지를 즐거움으로 꼽았다고 한다.

그는 영계기(榮啓期)[02]의 됨됨이를 사모해서 늘 거문고를 몸에 지니고 다녔다. 그러면서 그는 기쁘거나 화가 나거나, 슬프거나 즐겁거나, 불평스러운 일을 모두 거문고의 가락으로 풀어냈다.

설날이 턱 밑으로 다가오자 이웃 마을에서는 방아로 곡식을 찧었다. 아내가 이웃마을의 절구질 소리를 듣고는,

"저 사람들에게는 모두 곡식이 있어서 절구를 찧는데, 우리만 곡식이 없으니 어떻게 묵은 해를 보내나요?"

하고 말했다.

선생은 하늘을 쳐다보며 탄식하면서,

"삶과 죽음은 명(命)에 달렸고 부귀는 하늘에 매였으니, 오는 것은 막을 수 없고, 가는 것은 만류할 수 없거늘, 당신은 어찌하여 마음을 상했는가요? 내 그대를 위하여 거문고로 절구 찧는 소리를 내어 달래주리다."

하고, 거문고를 타면서 절구 찧는 소리를 내었다.

세상에서는 이를 전하면서 '대악(碓樂)', 절구타령이라 부른다.

해설

　'가난'이라는 역경은 환경적인 요소이자 사회구조의 문제이다. '열심히 살자'는 말로 가난을 타파하기는 어렵다. '가난은 임금도 구제하지 못한다'는 말이 있기는 하지만 '가난'을 대물림하지 않으려면 그것을 돌파하는 마음가짐과 노력, 사회적 관심과 제도적 지원이 함께 필요하다.

　백결이라는 이름은 '가난'의 대명사로 알려져 있으나 꼭 그런 것만은 아니다. "가난이야 한낱 남루에 지나지 않는다"(서정주, 「무등을 보며」)라는 시구처럼, 그는 은자의 삶을 흠모하며 음악 이외에는 돌아보지 않은 삶의 소유자임을 보여준다. 빈궁을 두려워하지 않고 살아간 것은 은자의 삶을 흠모하고 그것을 실천한 이라는 점에서 그는 존경에 값한다.

　하지만 백결의 삶은 영해박씨(寧海朴氏) 족보에 또다른 모습으로 기록되어 있다.

　『족보』에 실려 전하는 백결의 삶은 박문량(朴文良)이라는 이름을 가지고 있다. 그는 414년(실성왕 13)에 신라의 충신 박제상(朴堤上)의 아들로 태어난 것으로 기록돼 있다. 눌지왕 때 아버지 박제상은 일본에 사신으로 갔다가 순절(殉節)한다. 그 소식을 들은 그의 어머니 김씨와 누나인 아기(阿奇)와 아경(阿慶)은 이내 자결하였고, 가운데 누나인 아영(兒榮)만이 남아서 백결을 양육하였다. 훗날 아영이 궁중으로 출가하자 그도 함께 입궐하였다. 그는 성장한 다음에는 각간(角干) 이수현(李壽玄)의 딸과 결혼해서 관직에도 있었던 것으로 전한다.

하지만 그는 478년(자비왕 21)에는 모든 관직을 떠나 향리로 돌아갔는데, 이때 〈낙천악(樂天樂)〉이라는 귀향곡을 지어 불렀다고 한다. 그는 더없이 청렴하고 결백했고 궁중으로부터의 일체의 후원을 거절하고 스스로 가난한 생활을 살다가 말년에 종적을 감춘 것으로 기록돼 있다. 백결이 만든 〈대악(방아타령)〉은 궁중음악의 기원으로 알려져 있다.

05

평강공주와 참다운 지도자의 얼굴

온달(溫達)은 고구려 평원왕(平原王) 때 사람이다. 얼굴이 못생기고 우스꽝스러웠으나 마음만은 순수했다. 집이 가난하여 늘 밥을 빌어다가 어머니를 봉양했다. 누더기옷과 해진 신을 신고서 거리를 오가니, 사람들이 그를 '바보 온달'이라 했다.

평원왕은 어린 딸이 걸핏하면 잘 울자 농담 삼아, "네가 늘 울어 내 귀를 시끄럽게 하느냐. 너는 분명 커서 사대부의 아내는 되지 못할 테니, 바보 온달에게나 시집보내야겠다." 말하곤 했다. 왕은 공주가 울 때마다 이 말을 농담 삼아 되풀이했다.

딸이 열여섯 살이 되자, 왕은 상부(上部) 고씨(高氏)에게 시집보내려 했다. 그러자 공주가 말했다.

"대왕께서는 늘 말씀하시기를, '너는 꼭 온달의 아내가 될 것'이라 하셨잖습니까, 지금은 어찌 전에 하시던 말씀을 바꾸십니까? 필

＊출전 : 「온달전」－『삼국사기』

부(匹夫)도 오히려 식언(食言)을 하려 하지 않거늘, 하물며 지극히 존엄한 분이야 더 말해서 뭣하겠습니까? '왕은 놀려 말하지 않는다'라고 했습니다. 지금 대왕의 명은 잘못되었으니, 저는 도저히 명을 받들 수가 없습니다."

왕이 노하여, "네가 내 가르침을 따르지 않으니, 참으로 내 딸이라 할 수 없다. 어찌 함께 살 수 있겠느냐? 네가 가고 싶은 곳으로 가거라."라고 말했다.

그러자 공주는 값비싼 팔찌 수십 개를 팔꿈치 뒤에 매달고는 궁궐을 빠져나왔다. 공주가 홀로 길을 가다가 어떤 사람을 만나 온달의 집을 물었다. 공주는 마침내 온달의 집에 이르렀다. 공주가 눈먼 늙은 어머니를 보고 그 앞에 다가가 절하고 나서 아들이 있는 곳을 물었다.

노모가 대답하기를,

"내 아들은 가난하고도 지저분하여 귀인이 가까이할 사람이 못 됩니다. 지금 당신의 체취를 맡으니 향기롭기가 예사롭지 않고, 당신의 손을 만지니 부드럽기가 솜과 같으니, 반드시 천하의 귀인일 텐데, 누구의 속임수에 넘어가 이곳에 왔습니까? 내 아들은 굶주림을 참지 못해 느릅나무 껍질을 벗기러 산에 간 지 한참 되었는데 아직 돌아오지 않았습니다."

라고 했다.

공주는 나가서 산 밑에 이르렀다. 공주는 온달이 느릅나무 껍질을 짊어지고 오는 것을 보고 나서 그에게 다가가 속내를 털어놓았다.

온달은 크게 화를 내며 말하기를, "이곳은 아녀자가 다니는 곳이 아니다. 너는 틀림없이 사람이 아니라 여우나 귀신이다. 내게 가까이 오지 마라."

하고는 돌아보지도 않고 그대로 가 버렸다.

공주는 혼자 온달의 집 앞으로 돌아와서는 사립문 밑에서 자고, 이튿날 아침에 다시 들어가 모자에게 그간의 사정을 상세히 말하였다.

온달이 우물쭈물하면서 결정을 못하자, 그 어머니가 말하기를, "내 아들은 몹시 지저분하여 귀인의 배필이 될 수 없으며, 우리 집은 몹시 가난해 귀인이 살기에는 마땅치 않습니다." 하였다.

그러자, 공주가 대답하기를,

"옛사람의 말에 '한 말의 곡식이라도 찧어서 나누어 먹을 수 있고, 한 자의 베라도 옷을 지어 같이 입을 수 있다'[01]고 하였으니, 진실로 마음만 같이 한다면 어찌 꼭 부귀를 누린 뒤라야만 함께 살 수 있겠습니까?"

라고 하였다.

그리고는 금팔찌를 팔아서 밭, 집, 종, 소, 말, 그릇 등을 사들여 완전한 살림을 장만하였다.

공주는 온달에게 처음에 말을 살 적에 당부하였다. 그녀는 온달에게 말하기를,

---

01 《사기(史記)》 「회남형산열전(淮南衡山列傳)」에 있는 일화. 한 문제(漢文帝)와 회남 여왕(淮南厲王)의 형제간의 불화를 당시의 백성들이 풍자한 노래. 여기서는 가난한 살림이라도 마음먹기에 따라 화목해질 수 있다는 뜻.

"장사꾼의 말은 사지 말고, 꼭 국마(國馬)인데 병들고 여위어서 내버려진 것을 골라 샀다가 후에 바꾸도록 하시오."

라고 하였다. 온달은 공주의 말을 그대로 따랐다. 공주가 말을 매우 정성들여 길렀다. 그랬더니 말은 날로 살찌고 힘도 세졌다.

고구려는 항상 3월 3일에 낙랑(樂浪)의 언덕에 모여 사냥했다. 사냥에서 잡은 멧돼지와 사슴으로 하늘과 산천의 신에게 제사를 드렸다. 그날, 왕이 나아가 사냥하자, 신하들과 오부(五部)의 군사가 모두 따랐다.

이때 온달은 공주가 기른 말을 타고 따라가서 항상 남보다 앞서 달렸다. 그리고 그는 다른 사람과는 비교도 안 될 정도로 잡은 것도 또한 많았다. 왕이 불러서 이름을 묻고는 깜짝 놀라면서 온달을 특별하게 여겼다.

이때 후주(後周)의 무제(武帝)가 군사를 일으켜 요동(遼東)으로 쳐들어왔다. 왕은 군사를 거느리고 이산(肄山)의 들에서 싸웠다. 온달이 선봉이 되어 날래게 싸우면서 적장 수십여 명의 목을 베어 죽였다. 모든 군사가 승승장구해서 분투하여 싸움에서 크게 이겼다.

공을 논하는 자리에서 모두가 온달을 제일로 추켜세웠다. 왕은 온달을 가상히 여기고 감탄하여 말하기를, "정말 내 사위로다."하며, 예를 갖추어 그를 맞아들이고 벼슬을 주어 대형(大兄)으로 삼았다. 이로부터 온달에 대한 왕의 총애와 영화가 더욱 두터워져 그의 위엄과 권세가 날로 성해졌다.

양원왕(陽原王)이 즉위하자, 온달이 아뢰기를, "신라가 우리 한북

(漢北)의 땅을 빼앗아 군현(郡縣)으로 만들어 백성들은 통한을 품고 부모의 나라를 잊지 못하고 있습니다. 대왕께서 신(臣)을 어리석고 불초(不肖)하다고 여기지 않고 군사를 내주신다면, 제가 한번 나아가 반드시 우리 땅을 회복하겠습니다."하니, 왕이 허락했다.

온달은 떠나면서 맹세하기를, "계립정(鷄立亭)과 죽령(竹嶺) 서쪽을 우리 땅으로 회복하지 못한다면 돌아오지 않겠다."하였다. 드디어 온달이 싸움에 나아가, 신라 군사와 아차성(阿且城) 밑에서 싸우다가 날아오는 화살에 맞아 길에서 죽었다. 온달의 장사를 지내려 했으나 널이 움직이지 않았다. 그런데, 공주가 와서 널을 어루만지면서, "사생이 결정났으니, 아, 돌아가십시오."하니, 드디어 관이 들려지면서 장사를 지낼 수 있었다.

대왕이 그 사실을 듣고 매우 슬퍼했다.

「온달전」의 내용으로 보면, 글 제목은 단연코 '평강공주'로 정정될 필요가 있다. 이야기 주인공은 온달이라기보다 평강공주의 주체적인 면모가 강하기 때문이다. 이야기에서 흥미를 더하는 것은 공주의 비범함이다. 그 비범함은 아버지로부터 듣고 배우며 자란 것의 실천에서 드러난다.

아버지 평원왕은 잘 우는 딸 평강공주에게 '농담 삼아' "바보 온달에게로 시집보내야겠다."라고 되풀이해서 말한다. 이 말은 훗날 아버지에게 부메랑이 된다. 딸이 시집 갈 나이가 되어 시집보내려 하지만 평강공주는 단호하게 거절한다. 그러자 왕은 공주를 궁궐에서 내쫓아버린다.

궁을 나온 평강공주는 '귀한 팔찌 수십 개를 몸에 감추고는' 온달의 집을 찾아간다. 하지만 공주의 체취를 맡은 눈먼 온달 모친은 받아들이지 않는다. 온달 모친은 공주가 속아서 온 것으로 여긴다. 공주는 온달과 온달 모친의 거절에도 아랑곳없이 자신의 신념을 관철시키고자 한다. 이야기 속 인물들이나 시작품 속 이미지들은 인물과 인물, 사건과 사건, 사물과 사물 사이에 별로 연관 없는 것들과 관계 맺으며 묘미를 불러일으킨다. 이러한 난폭한 연관맺기를 통해 의미와 사건이 탄생한다. 평강공주와 바보 온달 이야기는 애초 두 인물 사이에 교류할 그 어떤 가능성도 없는 현실에서 시작된다. 우습게도 농담에서 시작하여 하나의 현실이 되는 것이다.

자존심을 건 공주의 결행에는 포기가 없다. 그녀는 대담하게도 궁궐에서 지녀온 금팔찌를 팔아 밭과 집과 종과 소와 말과 그릇을 장만함으로써 자신의 꿈을 현실로 바꾸어버린다. 이 지점에서부터 현실은 접입가경(漸入佳境), 공주의 명민함이 한층 돋보인다. 온달에게 힘을 배양하고 능력을 배가시키는 것은 공주의 조력 덕분이다.

온달은 자신이 기른 튼튼한 말로 왕이 사냥하는 날 왕 앞에 사냥한 멧돼지와 사슴을 비교할 수 없을 만큼 많이 잡아 왕의 신임을 얻는다. 훗날 후주의 군대가 쳐들어왔을 때 온달이 공을 세우자 비로소 사위로 인정한다. 왕은 벼슬을 내리고, 왕의 총애와 영화가 두터워지면서, 온달의 위엄과 권세가 빛을 발하기 시작한다.

「평강공주와 바보 온달 이야기」에서 두 주인공에게서 인간의 덕목을 갖춘 이는 공주다. 그녀는 아버지에게서 바보일지라도 자신이 보고 배우며 듣고 자란 대로 행동하는 인물이다. 그녀의 신념은 단순히 자신의 부귀영화를 지키려는 속신에 그치지 않는다. 그 신념은 한 인간에 대한 약속과 그것을 이행해야 하는 지도자의 발언에 가깝다. 자신이 가진 말의 무게를 짐작하고 가늠하며 주어진 불리한 현실을 유리한 국면으로 바꾸어놓기 때문이다. 그녀의 신념은 현실을 바꾸는 지혜로움과 통한다.

장수가 된 온달은 나라의 강토를 되찾으러 나서지만 신라군대에게 화살에 맞아 절명한다. 공주가 와서 널을 어루만지며 "삶과 죽음이 결정됐으니 이제 돌아가시지요."라고 애통해 하자 관이 들리고 장사를 치를 수 있었다는 이야기 끝대목은, 임무를 완수하지 못한 자의 애통한 죽음을 일러준다. 그 죽음에는 바보에서 장수로 이끈 공주의 사랑과 신념, 온달을 향한 공주의 사랑에 대한 서민들의 오마주가 담겨 있다.

혼자 곱씹어가며 더듬는 이야기의 행로에서는 평강공주의 결행과 모험이 과연 우리 자신도 가능할까라는 의문을 만들어낸다. 그 의문은 자명하다고 믿는 세계와 현실에 대한 믿음을 일순간에 무너뜨린다. 믿음의 붕괴 다음, 현실에 지혜롭게 대처하는 인간의 행위가 아름답게 펼쳐진다. 귀인이 찾아와 가난한 집안에 며느리가 되겠다는 현실을 믿을 수 없어 하는 온달가족의 면면은 행불행을 가늠할 수 없을 때 안전을 도모하려는 하층민들의 지혜가 깃들어 있다. 또한 온달에게 말 사는 법을 가르치는 공주의 면모에는 한 인간을 이끌어 나라를 지키는 훌륭한 장수로 단련시키는 지도자의 면모가 잘 나타나 있다.

한 편의 이야기를 읽으면서 일어나는 내면의 사건은 생각보다 훨씬 많다. 평강공주라는 한 인간의 언행일치에 대한 가치의 깨달음, 고난 속에서도 잃지 않는 삶의 의지와 도전, 상대자인 인간을 감화시켜 자신의 반려(伴侶)로 삼은 다음, 동반자의 숨겨진 무한한 능력을 발휘하도록 만드는 견인력 등등, 이야기의 틈새에 깃든, 낯설고 기이하지만 인간문화의 아름다운 국면이다. 이를 헤아려 읽어내는 것이 깨달음의 진작이며 즐거움이다. 홀로 있는 시간은 두려운 순간, 외로운 현실이 결코 아니다.

06

세상이라는 학교

경덕왕(景德王) 때 강주(康州, 지금의 진주)에 사는 남자 신도 수십 명이 뜻을 세워 서방(西方)에 구했다. 이들은 고을의 경계 지역에 미타사(彌陀寺)를 세우고 난 다음 만일을 기약하면서 계(契)를 만들었다. 그 무렵 아간(阿干) 귀진(貴珍)의 집에 욱면(郁面)이라는 여종이 있었다.

욱면은 주인을 따라 절에 가서 마당에 서서 중의 염불을 따라 염송했다. 그 주인은 그녀가 종의 신분에 맞지 않게 염불하는 것을 미워하면서 늘 곡식 두 섬을 하룻밤 안에 모두 찧도록 했다. 계집종은 초저녁에 모두 찧어 놓고 나서 절로 가서 염불하기를 밤낮으로 게을리하지 않았다("내 일이 바빠 주인 집 방아 급히 찧는다."라는 속담이 여기서 나온 말인 듯하다).

욱면은 절간의 뜰 좌우편으로 긴 말뚝을 세워놓고 두 손바닥을 뚫어서는 노끈으로 꿰어 말뚝 위에 메고는 합장하고 좌우로 몸을 흔들

＊출전 :「욱면비 염불 서승」-『삼국유사』

며 자신을 독려했다.

그때 하늘로부터 욱면을 부르는 소리가 들려왔다.

"욱면 낭자는 법당 안으로 들어가서 염불하라."

절의 중들이 듣고 계집종 욱면에게 법당 안에 들어가 전처럼 정진하도록 권했다. 얼마 안 되어 하늘 서쪽에서 음악소리가 들려왔고 욱면의 몸이 솟구쳐 법당 대들보를 뚫고 하늘로 올라갔다. 그녀는 서쪽으로 교외에 가더니 육신을 버리고 부처의 몸으로 변했고, 그런 다음에는 연화대(蓮化臺)에 앉아 큰 빛을 발하면서 서서히 하늘로 올라갔다. 하늘에서 들려오는 음악소리는 한참 동안이나 그치지 않았다. 그 법당에는 지금도 구멍 뚫린 부분이 있다고 전한다.

이상은 민간에서 전하는 이야기다.

해설

　욱면에 관한 다른 버전의 이야기가 『삼국유사』에 다음과 같이 실려 있다.

　"≪승전(僧傳)≫을 살펴보면 욱면의 이야기는 이렇다.

　중 팔진(八珍)은 관음보살의 현신(現身)으로 1,000명이나 되는 무리를 모았다. 이들 무리는 두 패로 나누어 한 패는 정성껏 도를 닦았고, 다른 한 패는 그밖의 일을 맡았다.

　사판의 무리 중에 일을 맡아 보던 이가 계를 얻지 못해 축생도(畜生道)에 떨어져 부석사(浮石寺)의 소가 되었다. 그 소가 어느날 불경을 싣고 가다가 불경의 힘을 입어 아간(阿干) 귀진(貴珍)의 집 여종으로 태어나 이름을 욱면(郁面)이라 불렀다.

　욱면이 일 때문에 하가산(下柯山)에 갔다가 꿈에 깨달음을 얻어 마침내 불도를 수행할 마음이 생겼다.

　아간의 집은 혜숙법사(惠宿法師)가 세운 미타사(彌陀寺)에서 그리 멀지 않았다. 아간이 항상 그 절에 가서 염불하는데 여종 욱면도 따라 법당 뜰에서 염불했다고 한다.

욱면이 이렇게 9년 동안 예불을 드렸는데, 을미년 정월 21일에 예불을 하던 중 법당 대들보를 뚫고 승천했다. 소백산에 이르러 신 한 짝을 떨어뜨렸고, 훗날 그곳에다 보리사(菩提寺)를 세웠다. 또한 소백산 밑에 이르러 그 육신을 버렸으므로 그곳에다 제2 보리사를 세웠고 그 전당에는 '욱면이 하늘로 올라간 법당[등천지전(登天之殿)]'이라 방문(榜文)을 써붙여 사람들에게 알렸다.

법당 등마루에 뚫린 구멍이 열 아름이나 되었는데 아무리 폭우나 세찬 눈이 내려도 법당 안은 젖지 않았다. 그 뒤 욱면의 승천을 기념하려는 이들이 금탑(金塔) 하나를 만들어 그 구멍에 맞추고 승진(承塵, 천장에 반자처럼 치고 지붕 안쪽에서 떨어지는 먼지나 흙을 받는 돗자리나 피륙) 위에 모셔 그 이상한 사적을 보존했다. 지금도 그 방과 탑이 남아 있다. 욱면이 승천한 뒤 귀진도 또한 그 집이 신이한 사람이 의탁해 살던 곳이라 해서, 집을 내놓아 절로 만들어 법왕사(法王寺)라 하고 토지를 기탁했다. 오랜 뒤에 절은 없어지고 빈 터만 남았다."

여종 욱면의 이야기에는 세 개의 생이 겹쳐 있다. 본래 사판의 무리 중에서 일을 맡아 보던 이가 계(戒)를 얻지 못한 한 생, 그런 생이 축생도(畜生道)에 떨어져 부석사(浮石寺)의 소가 된 생, 그러나 소가 된 욱면의 전생은 인간의 생으로 발돋움한다. 어느날 불경을 싣고 가다가 불경의 힘을 입어 축생도를 벗어나 인간으로 태어난다. 아간(阿干) 귀진(貴珍)의 집 여종으로 태어난 것이다.

불교에서는 이처럼 장구한 업의 소산들로 뒤척이는 생의 곡절을 통하여 지금을 세상을 포함하여 전생과 내생을 아우르며 좀더 넓은 시야를 열어준다. 세상을 업의 축적과 생의 진전 과정, 곧 학교로 보는 것이다. 그 세계는 단테의 『신곡』처럼, 천국과 지옥으로 끝나는 게 아니라 존재의 작은 업이 만들어내는 생의 진전된, 세 개의 생을 펼쳐보인다. 사판 무리였던 수계 받지 못한 자에서 축생도로 떨어져 불경을 싣고 가던 부석사의 소가 된 존재로, 다시 종의 신분으로 태어나 불도 수행의 원업을 실현하는 존재로 이어지는 장엄한 삶의 행로는 어느 한 생으로 끝나지 않는다는 것이 이야기의 요체이다.

이 아름다운 이야기에서는 주인의 가혹한 핍박에도 아랑곳없이 불법수행에 매진하는 여종의 모습도 존경에 값한다. 욱면의 수행은 하늘을 감동시켜 업을 끊고 해탈하는 자의 반열에 오름으로써 수행자에서 깨달은 자로 비약한다. 그녀의 승천은 세 개의 생을 가로질러 선업을 거듭해서 쌓아올리는 과정의 정점에 해당한다. 신라와 고려인들에게 불교는 짐승과 인간의 차별도, 주인과 종의 차별도 수행자의 진심과 법력 안에서는 동등한 수준높은 문화였던 셈이다.

07

덧없는 사랑과 삶이라는 꿈

옛날 신라가 수도였던 시절, 세달사(世達寺)의 장사(莊舍)[01]가 명주(지금의 영월)에 있었다.

본사에서 승려 조신(調信)을 파견해서 장사의 관리인으로 삼았다. 조신이 장사에 와 있는 동안 태수(太守) 김흔(金昕) 공의 딸을 좋아해서 깊이 빠져 있었다. 그는 낙산사 관음보살 앞에 여러 번 나아가 자신이 소망하는 바를 이루게 해달라고 몰래 빌었다. 그 사이 수년이 흘러 김흔의 딸은 시집을 가서 가정을 꾸렸다.

그러던 어느 날, 조신은 불당 앞으로 가서 관음보살이 자신의 소망을 이루어주지 않은 것을 원망하며 날이 저물 때까지 슬피 울었다. 그립고 원망하는 마음이 있었는데 그 사이 깜빡 잠이 들었다.

꿈속에서 김씨의 딸이 단아하게 그가 사는 방문을 열고 들어서는

＊출전 : 「승려 조신의 꿈」–『삼국유사』
01 장사(莊舍): 신라 말기에, 농장(農莊)을 관할하기 위하여 파견된 장임(莊任, 대지주가 소유한 농장 일을 맡아보던 사람. 후세의 마름과 같은 존재)이 살던 집.

게 아닌가. 그녀는 활짝 웃는 얼굴로 흰 이를 드러내며 말했다.

"제가 일찍이 그대의 얼굴을 알아 마음으로 사모하였으니 잠시도 잊지 못하였습니다. 그러나 부모의 명에 거역하지 못해 억지로 다른 사람을 따랐습니다. 그러나 지금 저는 대사님과 살며 죽어서는 한 무덤에 묻힐 반려가 되고자 이렇게 찾아왔습니다."

조신은 크게 기뻐하며 그녀와 함께 고향으로 돌아가 사십여 년을 살며 자녀 다섯을 두었다.

그러나 조신 부부는 가난했다. 집은 다만 네 벽뿐이고 나물죽으로도 끼니를 잇지 못했다. 실의에 찬 두 사람은 서로 잡고 끌며 양식을 구하려고 사방을 떠돌아 다녔다. 이렇게 10년을 사는 동안 조신 부부는 초야를 떠돌았다. 입은 옷은 갈갈이 해져서 몸조차 가릴 수 없었다.

명주의 해현령(蟹峴嶺)을 지날 때 십오 세 된 큰 아이가 갑자기 굶어 죽었다. 부부는 통곡하며 아이의 주검을 거두어 길가에 묻었다.

부부는 남은 네 자녀를 거느리고 우곡현(羽曲縣)에 이르러 길가에 띠풀을 묶어 집으로 삼아 살았다. 부부는 늙고 또 병들고 굶주려서 일어나지도 못하였다. 열 살 짜리 딸아이가 밥을 빌러 돌아다녔다.

그런데 딸아이가 마을에 있는 개에게 물려 부부 앞에 누워서는 아픔을 호소했다. 부모가 목이 메어 흐느껴 울며 한없이 눈물을 흘렸다. 부인이 괴로워하면서 머뭇거리다가 눈물을 훔치고 나서는 돌연히 말을 꺼냈다.

"제가 당신과 처음 만났을 때는 얼굴도 아름답고 나이도 젊고 옷가지도 많고 아름다웠습니다. 맛 좋은 한가지의 음식이라도 당신과 나누어 먹고, 얼마 안 되는 옷가지도 당신과 나누어 입으면서 함께 산지 50년, [그 사이에] 정은 더할 수 없이 깊어졌고, 사랑은 얽히고 묶였으니 가히 두터운 연분이라 하겠습니다. [하지만] 근년에 와서 노쇠와 병고가 해가 거듭될수록 심해지고 추위와 배고픔은 날로 더욱 절박해지니 [한 칸의] 곁방살이, 한 병의 마실 것도 사람들이 용납하여 주지 않으니, 수많은 집 문 앞에서 당하는 그 수모는 산더미처럼 높고 무겁기만 합니다. 아이들은 추위에 떨고 굶주림에 지쳤어도 이를 면하게 할 수 없으니 어느 틈에 사랑함이 있어 부부의 즐거움이 있겠습니까? 이런 때인데 부부간의 애정을 즐길 겨를이 어디에 있겠습니까? 젊은 얼굴에 예쁜 웃음은 풀잎 위의 이슬 같고 지란(芝蘭) 같은 백년가약은 회오리바람에 날리는 버들가지 같습니다. 당신은 제가 짐이 되고 저는 당신 때문에 근심이 됩니다. 옛날의 즐거움을 곰곰이 생각해 보니, [그것이] 다름 아닌 우환에 접어드는 길목이었습니다. 당신과 제가 어찌하여 이 지경이 되었는지요? 뭇새가 함께 굶어죽는 것보다 차라리 짝 잃은 난새가 거울을 향하여 짝을 부르는 것만 같지 못할 것입니다. 어려울 때 버리고, 좋을 때 가까이 하는 일은 인정으로 차마 할 일은 아니겠습니다만, 행하고 그치고 하는 것은 사람의 뜻대로 되는 게 아니며 헤어지고 만나는 것도 운명이 있는 것이니 청컨대 내 말을 좇아 헤어지기로 합시다."라고 하였다.

조신이 이 말을 듣고 크게 기뻐하여 각각 아이 둘씩을 나누어 막

길을 떠나려고 할 때 아내가 말하기를, "저는 고향으로 가겠습니다. 당신은 남쪽으로 가시지요."라고 하며 서로 잡았던 손을 막 놓고 갈라서 길을 떠나려 할 때 꿈을 깼다. 쇠잔한 등불은 가물거리고 밤은 어느덧 새려 하는 때였다.

새벽이 되어서 보니 [하룻밤 사이에] 자신의 머리카락이 모두 하얗게 세어 있었다. 조신은 넋 잃은 사람모양 더 이상 인간 세상에 뜻이 없었다. 세상살이의 괴로움에 이미 염증이 난 것이 마치 백 년의 쓰라림을 겪고 난 것 같았다. 탐욕도 깨끗이 얼음 녹듯 사라져버렸다. [관음보살의] 거룩한 모습을 부끄럽게 여겨 [우러러] 대하며 참회하여 마지않았다. 해현으로 가 [꿈속에서] 큰 아이를 파묻었던 자리를 파보았더니 돌미륵이 나왔다. 돌미륵을 깨끗이 씻어 이웃 절에 봉안하였다. 서울로 돌아가 장사 관리의 책임을 벗고 나서 사재를 기울여 정토사(淨土寺)를 세우고, 부지런히 선한 일로 마음을 닦았다. 그 뒤 어디서 세상을 마쳤는지는 알 수 없다.

이에 대해 논하여 말한다. 이 [조신의] 전기를 읽고 나서 책을 덮고 곰곰이 궁리해보니, 어찌 반드시 조신 스님의 꿈만 그렇겠는가? 지금도 대부분 사람들은 인간세상이 즐거운 줄만 알고 기뻐 날뛰며 애쓰고 있으니, [이는] 오로지 깨닫지 못한 까닭이다.(이하 생략)

해설

『삼국유사』에서 '조신의 꿈'으로 알려진 이 이야기는 꿈을 소재로 한 유명한 일화이다. 조신에게 꿈은 소망의 실현이지만 깨달음의 수단이기도 하다. 하룻밤도 아닌 한 나절의 꿈으로 그는 자신이 품었던 한생의 사랑이 덧없는 것임을 깨닫는 것이다. 남가일몽, 백일몽이라는 여러 이름으로 불리어오는 꿈의 작용은 비록 조신의 경우처럼 이루지 못한 간절한 사랑에 이르러 잠시의 기쁨을 가져다준다.

대부분의 꿈 이야기는 소망의 실현으로 하나의 매듭을 이루지만, 조신의 경우 결혼이라는 사랑의 완성으로 끝내지 않는다. 그 사랑마저 지상에서 어느 때 끝나는 것이며 운명이라는 말로 명명된 가변적 원리의 덧없음으로 귀결짓는 것이 독특하다. 이야기는 극심한 가난과 자녀들의 죽음은 사랑의 한 단계를 넘어섰을 때 찾아든 비극과 굴곡진 삶의 국면에서는 덧없이 사라질 운명에 놓일 수도 있음을 보여준다. 불교에서는 이 깨달음을 통해 지상에서의 욕망을 절제하도록 계고한다.

08

그 어머니에 그 아들

법사 진정(眞定)은 신라인이다. 그가 일반인이었을 때는 군대에 적을 두고 있었으나 집이 가난하여 장가들지 못하였다. 부(部)의 역(役)을 하고 남는 시간에 품을 팔아 얻은 곡식으로 홀어머니를 봉양하였다. 집안에는 재산이 오직 다리가 부러진 철 솥 하나뿐이었다.

하루는 스님 한분이 문 앞에 와서 절을 지을 철물을 구하자, 어머니는 철 솥을 시주하였다. 마침 진정이 일을 하고 밖에서 돌아오자, 어머니는 그 일을 알리며, 아들의 뜻이 어떠한지를 걱정했다. 진정은 기뻐하는 모습으로 말하기를, "불사에 시주하였으니, 어찌 행운이지 않겠습니까! 비록 철 솥이 없지만, 또 어찌 근심이겠습니까?" 이에 질그릇 동이를 솥으로 삼아 음식을 만들어 어머니를 봉양하였다.

＊출전 : 「진정법사와 효선의 아름다움」–『삼국유사』

일찍이 군대에 있을 때, 사람들에게서 의상법사(義湘法師)가 태백산에서 설법으로 사람들을 이롭게 한다는 소문을 듣고는, 사모하는 뜻을 품었다. 어머니께 (그 마음을) 알리면서 "효를 다한 후에는 마땅히 의상법사에게 몸을 맡겨 머리를 깎고 불도를 배우겠습니다." 말하였다. 어머니는, "불법은 만나기 어려운데, 인생은 매우 빠르니, 효를 마치고 나면 늦지 않겠느냐! 어찌 내가 죽기 전에 네가 도를 깨우쳤다는 소식을 듣는 것만 하겠느냐. 근심하며 주저하지 말고, 속히 실행하거라."하고 말하였다.

진정이 "어머니의 늙으막에는 오직 저 하나만 옆에 있을 뿐인데, 어찌 감히 어머니를 버려두고 출가하는 것을 견뎌낼 수 있겠습니까?"라고 대답하였다. 어머니는, "아! 내가 출가에 방해가 된다니, 네가 나를 곧바로 지옥으로 떨어뜨리려 하는구나. 오직 살아서 진수성찬으로 봉양하는 것만 효라 하겠느냐! 나는 남의 문에서 옷과 음식을 구걸하더라도 타고난 목숨을 지킬 수 있으니, 내게 꼭 효를 다하려거든 그런 말은 하지 말거라."라고 말했다. 진정이 오랫동안 깊이 생각하였다.

어머니가 곧바로 일어나, 양식주머니를 털어보니, 쌀 일곱 되가 되었다. 그길로 곧장 쌀을 씻어 밥을 짓고 나서 또 말하기를, "네가 음식을 익혀 먹으면서 생각하다가 늦게 되는 게 걱정스럽다. 마땅히 내 눈 앞에서 주먹밥 한 덩이는 먹고, 나머지 덩이는 싸서, 어서 빨리 길을 떠나거라!" 하였다.

진정이 눈물을 삼키며 거절하면서 말하기를 "어머니를 버리고 출가하면, 그 또한 사람으로서는 견디기 어려운 바입니다! 하물며 며칠 동안의 먹을거리를 다 싸서 가면, 하늘과 땅이 저를 두고 무엇이라고 하겠습니까?" 하고, 세 번 사양하고, 세 번 권하였다. 진정은 어머니의 뜻을 거듭해서 거스르다가, 밤이 되어서야 출가의 길을 떠났다. 삼일만에 태백산에 도착하여 의상에게 의탁하였고 머리를 깎고 제자가 되어서는 이름을 '진정(眞定)'이라 하였다.

태백산에 머문 지 3년 만에, 어머니가 세상을 떠났다는 소식이 전해졌다. 진정은 가부좌를 하고 선정에 들었다가 7일 만에 가부좌를 풀고 일어났다. [이를 두고] 어떤 사람은 "추모와 슬픔이 지극하여, 거의 견디지 못할 지경이라, 그런 이유에서 선정의 물로 그것을 씻은 것이다."라고 말하였고, 어떤 이는, "선정에서 어머니의 환생한 곳을 보려는 것이다."라고 말했으며, 또 어떤 이는, "이것은 실제의 도리와 같이 명복을 빈 것이다."라고 말하였다.

마침내 진정이 선정에서 벗어난 다음 어머니의 죽은 소식을 의상에게 알렸다. 의상은 문도를 거느리고 소백산 추동(錐洞)으로 돌아와, 풀을 엮어 거처로 삼고, 무리 3천을 모아 90일 간의 화엄대전(華嚴大典)을 강론하였다. 문하의 지통(智通)이 강론 중에서도 중요한 요지를 모아 책 두 권을 만들었고, 《추동기(錐洞記)》라 이름 붙였다. 이 책이 세상에 널리 퍼졌다. 의상대사가 강론을 마치자, 그 어머니가 꿈에 나타나 "나는 이미 하늘에서 환생했다."라고 말했다.

"그 어머니에 그 아들"이라는 속담이 있다. 진정법사 어머니의 지극한 아들사랑은 그를 출가의 길로 이끄는 원천이자 동력이었다. 불도와의 인연은 어머니의 길과 아들의 길이 각기 다르지만 지극함은 같았다.

어머니의 불연(佛緣)은 시주승의 방문과 시작된다. 집안의 유일한 철 솥을 시주한 어머니는 아들의 눈치를 보지만 아들 역시 잘 하셨노라 격려한다. 어머니는, 의상대사의 문하에 들고 싶어했으나 늙은 자신의 봉양을 걱정하며 머뭇거리는 아들에게 권고한다. 부모 봉양만큼 세월을 기다리는 것보다 급한 것이 불도에 드는 것이라며 아들의 등을 떼민다. 어머니는 아들에게 집안에 남은 양식 전부로 밥을 지어 아들의 출가를 권고하며 자신의 안위는 걱정말라고 다독인다. (이 장면에 겹쳐지는 것은 언급되지는 않으나 일연의 출가를 돕는 어머니의 모습이다.) 모성은 아들의 원념보다 크다.

진정은 수행에 매진한다. 그는 모친의 죽음마저 넘어선 지점에 이르고 있다. 그는 태백산에 머문지 3년만에 어머니의 죽음을 알게 되지만 선정에 든 지 7일만에야 가부좌를 푼다. 그만큼 그는 높은 법력을 지닌 승려가 된다. 그런 아들의 어머니 또한 남다른 바가 있다. 그것은 아들의 수도와 정진만큼이나 하늘에서 환생했음을 알리는 어머니의 면모 때문이다. 어머니의 극락 환생과 아들의 수도생활이 슬픈 모습이 아니라 먹먹한 감동을 주는 것은 종교와 어머니의 사랑이 한데 어울러진 까닭이다.

09

칼보다 강한 글

최치원

광명(廣明) 2년(881) 7월 8일, 제도도통 검교태위(諸道都統檢校太尉) 모(某)는 황소(黃巢)에게 경고한다.

대저 올바름을 지키며 떳떳함을 연마하는 것을 도(道)라 하고, 위기를 맞아 변통하는 것을 권(權)이라 한다. 지혜로운 이는 시대에 순응하며 공을 세우고, 어리석은 자는 이치를 거스르다가 패망에 이른다. 그렇다면 백년 인생 동안 생사(生死)를 기약하기는 어렵다 해도, 모든 일을 마음으로 판단하여 시비(是非)를 분별할 줄은 알아야 할 것이다.

지금 우리 왕사(王師)는 정벌하면 싸우지 않고서도 승리하며, 군정(軍政)은 은혜를 앞세우며 처벌은 뒤로 미룬다. 장차 상경(上京)을 수복하려는 이때, 먼저 큰 신의(信義)를 보여주려 하니, 타이르는 말을 받들어 듣고서 간악한 꾀를 거두어들이도록 하라.

＊출전 : 「반란을 일으킨 황소에게 보낸 격서」-『계원필경』

너는 본디 변방의 백성이었다가 갑자기 사나운 도적이 되어 우연히 시세를 타서는 감히 강상(綱常)의 도리를 어지럽혔다. 그리고 마침내 화를 부를 마음을 품고서 신기(神器)를 농락하는가 하면, 도성에 침범하여 궁궐을 더럽혔다. 너의 죄가 이미 하늘에까지 닿았으니, 반드시 패망하여 간과 뇌가 땅바닥에 으깨어질 것이다.

아, 요순 시대 이래 묘호(苗扈)가 불복한 것을 시작으로 하여 불량(不良)한 무뢰배(無賴輩)와, 불의(不義)하고 불충(不忠)한 무리가 계속 출몰했다. 너희들이 지금 보이는 작태가 어느 시대에라도 없었겠는가. 멀리 유요(劉曜)와 왕돈(王敦)이 진(晉)나라의 왕실을 엿보았고, 가까이로는 녹산(祿山)과 주자(朱泚)가 마치 개처럼 황가(皇家)를 향해 짖어댔다.

그들은 모두 강한 병사를 장악하기도 했고, 몸이 중임(重任)에 처하기도 하였다. 그리하여 한 번 성내고 부르짖으면 우레와 번개가 치는 듯하였고, 시끄럽게 떠들어대면 안개와 연기가 자욱이 끼듯하였다. 하지만 잠깐 동안 간악한 짓을 자행하다가 끝내 자취도 없이 망하고 사라지고 말았다. 해는 환히 빛나는데 어찌 요망한 기운을 그냥 두겠는가. 하늘의 그물이 높이 걸렸으니 흉악한 족속들이 제거되는 것은 필연적이다.

그런데 더더욱 너는 평민 출신으로 농촌에서 일어나 분탕질을 능사로 알고, 살상(殺傷)하는 것을 급무로 삼았다. 너에게는 셀 수도 없는 많은 대죄만 있을 뿐, 용서받을 만한 선행(善行)은 조금도 없다. 그래서 천하의 모든 사람들이 너를 죽여 주검을 전시하려고 생각할 뿐만이 아니요, 땅속 귀신들도 남몰래 죽일 의논을 벌써 끝냈을 터다. 그러니 지금 잠시 목숨이 붙어 있다 해도 얼마 지나지 않아 혼이 달아나고 넋을 빼앗기게 될 것은 자명하다.

무릇 어떤 일이라도 해도 스스로 깨닫는 것이 중요한 법이다. 내가 아무렇게나 말하는 게 아니니, 너는 잘 알아듣도록 하여라.

그동안 이 나라는 더러움도 포용하는 깊은 덕을 발휘했고, 결점도 눈감아주는 귀중한 은혜를 베풀어, 너에게 절모(節旄)를 수여하고 방진(方鎭)을 위임하기도 했다. 그런데도 너는 가슴속에 짐새〔鴆〕의 독을 품고 올빼미 소리를 거두지 않은 채, 걸핏하면 사람을 물어뜯고 오로지 주인에게 대들며 짖어대는 일만 계속했다. 그러고는 마침내 임금을 배반하는 몸이 되어 군사로 궁궐을 휘감은 나머지, 공후(公侯)는 위급하여 달아나 숨기 바빴고, 임금의 행차는 먼 지방으로 피하도록 만들었다.

너는 일찍이 덕의(德義)에 귀순할 줄 알지 못하고, 다만 완악하고 흉악한 짓만 저질렀다. 이것은 곧 성상께서 너에게 죄를 용서하는 은혜를 베풀었음에도 너는 나라에 대해 은혜를 저버린 죄만 지은 것이다. 그러니 네가 죽을 날이 눈앞에 닥쳤다고 할 터인데, 어찌하여 너는 하늘을 두려워하지 않는단 말인가. 더구나 주(周)나라 솥은 물어볼 성격의 것이 아니다. 한(漢)나라 궁궐이 어찌 구차하게 안일을 탐하는 장소가 될 수 있겠는가. 너의 생각을 알 수가 없다. 너는 끝내 무엇을 하려 드는 것이냐.

너는 듣지 못했느냐. 『도덕경』에 이르기를 "태풍은 아침나절을 넘기지 못하고, 소낙비도 하루해를 넘기지 못한다. 천지의 조화도 오래갈 수 없는데, 하물며 사람의 경우야 더 말해서 무엇하겠는가.〔飄風不終朝 驟雨不終日 天地尙不能久 而況於人乎〕"라고 하였다. 또한 듣지 못하였는가. 『춘추전(春秋傳)』에 말하기를 "하늘이 선하지 않은 이들을 그냥 두고 조장하는 것은 복을 내리고자 함이 아니라, 그의 흉악을 더하게 만들어 벌 주고자 함이다.〔天之假助不善 非祚之也 厚其凶惡 而降之罰〕"라고 하였다.

지금 너는 간사함과 포악함을 숨기고 죄악과 앙화(殃禍)를 계속 쌓아가면서, 위태로움을 편안히 여긴 채 미혹하여 돌아올 줄을 알지 못하고 있는 형국이다. 이는 말하자면 제비가 바람에 날리는 장막 위에 둥지를 틀고서 제멋대로 날아다니는 것과 다를 바 없고, 물고기가 끓는 솥 안에서 노닐다가 바로 삶겨 죽는 것과 같다고 할 만하다.

나는 웅대한 전략을 구사하며 제군(諸軍)을 모으고 있다. 맹장(猛將)은 구름처럼 날아들고 용사는 빗발처럼 모여든다. 높고 큰 깃발들은 초(楚)나라 요새의 바람을 잦아들게 만들고, 전함과 누선(樓船)은 오(吳)나라 장강(長江)의 물결이 끊어지도록 만든다. 손쉽게 적을 깨뜨린 도 태위(陶太尉)의 군략(軍略)이라 할 것이요, 귀신이라 일컫었던 양 사공(楊司空)의 위의(威儀)라 할 것이다. 천지사방을 둘러보며 만리 지역을 가로질러 가니, 이를 비유하자면 맹렬한 불길 속에서 기러기 털을 태우는 것과 같고, 태산을 높이 들어 새알을 짓누르는 것과 다르지 않다.

지금 금신(金神)이 계절을 맡고 수백(水伯)이 군대를 환영하는 이때, 가을바람은 숙살(肅殺)의 위엄을 북돋우고, 아침 이슬은 답답한 기분을 씻어준다. 파도도 고요해지고 도로도 열렸으니, 석두성(石頭城)에서 닻줄을 올리면 손권(孫權)이 후미를 담당할 것이요, 현수산(峴首山)에서 돛을 내리면 두예(杜預)가 선봉이 될 것이다. 그러니 수도를 되찾는 것은 열흘이나 한 달이면 족할 것이다.

　다만 생명을 살리기 좋아하고 죽이기를 싫어하는 것은 상제(上帝)의 깊은 인덕이요, 법을 굽혀서라도 은혜를 펼치려는 것이 대조(大朝)의 훌륭한 전장(典章)이다. 공적(公賊)을 성토(聲討)할 때는 사사로운 노여움을 끌어들여선 안 되고, 길 잃고 헤매는 자에게는 바른말로 일깨워 주어야 하는 법. 그래서 내가 한 장의 글월을 써보내서 거꾸로 매달린 듯한 너의 급한 사정을 구해주려 하니, 너는 고지식하게 굴지 말고 어서 기미를 알아차려, 자신을 위해 잘 도모하여 잘못된 길에서 돌아서라.

　네가 만약 제후에 봉해져 땅을 떼어 받고 국가를 세워서 계승하기를 원하기만 한다면, 몸과 머리가 두 동강 나는 화를 면할 수 있음은 물론이요, 공명(功名)을 우뚝 세울 수도 있을 것이다. 겉으로 친한 척하는 무리의 말을 믿지 말고 먼 후손에게까지 영화(榮華)를 전하도록 하여라. 이는 아녀자가 상관할 바가 아니요, 실로 대장부가 알아서 할 일이니, 속히 회보(回報)하고 절대로 의심하지 말라. 내가 황천(皇天)의 명을 받들고 백수(白水)에 맹세를 한 이상, 한번 말하면 반드시 메아리처럼 응할 것이니, 은혜를 원수로 갚으려 해서는 안 될 터이다.

　네가 만일 미쳐 날뛰는 무리에게 끌려다니며 잠에 취해 깨어나지 못한 채, 사마귀가 수레바퀴에 대들 듯하고,[01] 그루터기를 지키며 토끼를 기다리려 한다면,[02] 곰과 범을 때려잡는 군사들을 한번 지휘하여 박멸할 것이니, 까마귀처럼 모여들어 솔개처럼 날뛰던 무리는 사방으로 흩어져 도망가기에 바쁠 것이다. 네 몸뚱이는 도끼의 날을 기름칠하고, 네 뼈다귀는 전차 밑에서 산산조각 날 것이요, 처자는 잡혀 죽고 종족은 처형될 것이니, 배꼽에 불이 켜질 때를 맞으면 아무리 배꼽을 물어뜯어도 이미 때는 늦으리라.

　너는 모름지기 진퇴를 헤아리고 선악을 분별해야 할 것이다. 배반하여 멸망당하기보다는 귀순하여 영화를 누리는 게 훨씬 낫지 않겠는가. 네가 그렇게 바라기만 하면 반드시 이룰 수 있으니, 부디 장사(壯士)의 나아갈 길을 찾아 곧바로 표범처럼 변할 것이요, 우부(愚夫)의 소견을 고집하여 여우처럼 의심만 하지 말라. 모(某)는 경고한다.

---

01 『장자』 외편에 언급된 '당랑거철(螳螂車轍)'

02 수주대토(守株待兎, 守株待兎): 그루터기를 지키며 토끼를 기다림. 고지식하고 융통성이 없어 구습과 전례만 고집하거나, 노력하지 않고 요행만을 기대하는 것을 비유하는 말.

문장이 세상을 바꾼 사례의 하나로는 최치원의 [토황소격문]을 꼽을 만하다. 한 편의 글이 세상을 바꿀 수 있다. 주장이 논리를 담고 명분을 드러내며 사람의 마음을 움직일 때 그러하다.

반란을 일으킨 황소에게 보낸 최치원의 '격문'은 중국에서도 유명한 명문으로 알려져 있다. 그 유명세는 적의 기세를 굴복시키는 것에 그치지 않는다. 고금의 역사와 논설을 아우르며 반란을 일으킨 수괴(首魁)를 대의명분에 비추어 법도에 배치되는 일을 지적하고 설득한 기상이 놀랍기 때문이다. 반란자가 세를 거두고 귀순에 들어오지 않았을 때의 처참한 말로를 언급하는 것은 그 형벌과 끔찍한 결과에 대한 응징을 예고하는 것이다. 격문은 화려하고 규모는 웅장하다. 글에서 역사서와 경전의 인용을 넘어 인륜과 천지의 법칙을 상기시키는 방식은 지극히 전략적이고 상대를 압도하는 논리가 된다. 그러나 그 논리는 정당성에 기대고 있어서 더욱 값지다.

소금업자였던 황소가 난을 일으켜 스스로 황제라 칭하자, 총사령관 고변의 종사관(부관)으로 종군한 최치원은 토벌의 격문을 지어

보냈다. 이를 읽은 황소가 크게 놀랐다고 전한다. 당시 당나라에서는 황소를 토벌한 것이 칼이 아니라 최치원의 글이었다는 칭송이 자자했고 황제는 정5품 이상에게만 하사했다는 자금어대를 하사했다고 전한다.

고운 최치원(857 (문성왕 19~?))은 신라 하대의 학자·문장가로서 본관은 경주(慶州). 자는 고운(孤雲) 또는 해운(海雲). 경주 사량부(沙梁部 또는 本彼部) 출신이며 견일(肩逸)의 아들이다.

그는 885년 신라로 귀국할 때까지 17년 동안 당나라에 머물면서, 고운(顧雲)·나은(羅隱) 등 당나라의 여러 문인들과 사귀며 문명을 떨쳤다.

10

행운을 비는 마음

이제현

선비가 세상을 살아가는 모습은 배에 오른 것과 같다. 재주를 노로 삼고, 하늘이 내린 명(命)을 순풍으로 삼는다. 그런 후에야 살아가는 데 유익하다. 재주와 하늘의 명이 있어도 그 세운 뜻이 낮으면, 노가 완전하고 순풍으로 부는 데도 배를 젓는 자가 적당하지 않은 것과 같다. 그러니 만곡(萬斛)의 물건을 싣고서도 만 리의 아득히 먼길을 건너갈 수 있겠는가?

원외랑(員外郎) 신후(辛侯)는 상투를 튼 뒤 책을 읽었으나 재빠르며 묻기를 좋아해서 문단(文壇)에서도 크게 이름을 떨쳤고, 장부를 관리하며 업무를 잘 처리했으니 재주가 있다고 할 만하다. 또 벼슬을 한 지 몇 해 되지도 않아 제학(提學)과 대언(代言)을 지내고 밀직 첨의(密直僉議)로 자리를 옮겼다가 곧바로 동성(東省)의 성랑(星郎)에 올랐으니 하늘이 내린 명이 있다고 하겠다. 친구를 끌어다 조정에 같이

---

*출전 : 「북방으로 가는 신 원외랑을 보내는 서문」 - 『여한십가문초』

올려놓았고, 노인에게 자문을 구하여 서정(庶政)을 조화시켰고 얼굴 빛을 고쳐 임금의 정치를 바로잡고 정성을 다해서 손님을 접대했으니, 뜻이 있다고 하겠다.

지금 그가 조관(朝官)으로 부름을 받아 행장을 꾸린 다음 서쪽을 향해 웃으니, 기이한 재주와 원대한 명과 위대한 뜻이 갈수록 두각을 드러낼 것이다.

권찬선(權贊善) 이하 28명이 정우곡(鄭愚谷)의 사연시(謝宴詩, 연회를 베풀어준 것에 감사하는 시)를 이용하여 운(韻)을 나누고 장(章)을 이어 그가 임지(任地)로 떠나는 것을 찬미하며 내게 서문을 써주도록 부탁했다.

그래서 나는 술잔을 들고 청중 앞에 나아가서는 배로 설명을 마무리하겠노라고 청하였다. 강하(江河)와 큰바다[대해(大海)]는 크고 작은 규모는 달라도 그 안에서 배가 다니는 것은 같다. 돛대와 돛을 다는 것은 앞으로 나아가기 위함이요, 닻줄과 닻을 다는 것은 멈추기 위함이며, 또한 반드시 낡은 옷가지를 짐에 담아 가는 것은 새는 것을 방비하고자 함이다. 왕이 사는 나라가 내와 강이라면 천자가 사는 나라는 큰바다다. 지금 자네가 탄 배는 강과 하천에서 큰바다로 나아가는 것이다.

진실로 그가 의(義)를 돛대로 삼고, 신(信)으로 돛을 삼으며, 예(禮)로 닻줄을 삼고, 지(智)로 닻을 삼으며, 공경과 근신함과 청렴함과 근면함으로 낡은 옷가지를 삼으면, 아무리 싣는 물건이 무거운들 싣지 못하겠으며, 아무리 거리가 먼들 이르지 못하겠으며, 아무리 막힌 곳인들 건너가지 못하겠는가?

　옛날 전숙(田叔)과 한안국(韓安國)은 양(梁) 나라와 조(趙) 나라의 신하이면서도 한(漢) 나라 조정에서 당대에 이름을 날렸고 후세에까지 명예를 남겼다. 나는 지금 그대에게 이런 희망을 건다.

해설

우리 주변에는 올림픽에 출전을 격려하는 자리가 있거나, 유학이나 해외 출장 등등의 일로 길을 떠나는 경우가 종종 있다.

그런 일로 장도(壯途)를 비는 축하의 자리에서는 어떤 말을 하는게 좋을까. 이제현의 글은 바로 이런 자리에서 온갖 찬사를 모두 정리해서 마무리한 사례이다.

'선비' 곧 '사대부'란 벼슬에 오르기 전을 '사(士)'라 칭하고 벼슬에 오른 이를 '대부'를 합친 말이다. 선비로서의 삶을 '배를 탄 것'에 비유한 것도 참으로 기발한 착상이다. 재주와 소명을 각각 노와 순풍에 비유하고, 세운 뜻이 높아야 먼길을 건널 수 있다는 도입부의 언사는 글의 중간에서 인물됨에 대한 언급으로 이어지면서 환송에 값할 만큼 아름답다.

대국으로 둘러싸인 우리나라에서 익힌 좁은 견문만 절대적이라는 생각을 버려야 하는 것도 필요하다. 이제현은 원외랑의 영전을 두고 강과 내를 넘어 큰바다라는 점을 상기시킨다. 후배 관리의 영전이 큰바다로 나가는 배를 탄것과 같다는 말에는 인간적 신뢰와

애정이 한껏 배어 있다.

　글쓴이는 "진실로 그가 의(義)를 돛대 삼고, 신(信)으로 돛을 삼는 한편, 예(禮)로 닻줄을 삼고, 지(智)로 닻을 삼아 공경과 근신함과 청렴함과 근면함으로 낡은 옷가지를 삼으면, 아무리 싣는 물건이 무거운들 싣지 못하겠으며, 아무리 거리가 먼들 이르지 못하겠으며, 아무리 막힌 곳인들 건너가지 못하겠는가?" 하고 축수하고 있다. 그러나 이 말은 능력과 안목만큼, 자신이 좌우명으로 삼아야 할 삶의 여러 척도가 인성과 성찰을 담은 실천에 기반을 두고 있음을 일러준다.

11

스스로를 경계하다

이색

50세 되던 가을 구월 초하룻날에 자경잠(自警箴, 스스로 경계하는 경구)을 지어, 아침저녁으로 보며 스스로 힘쓰려 한다.

가까운 듯하면 멀어지고 얻은 듯하면 잃어버린다. 멀어졌다가 때로는 가까워지고, 잃었다가는 때로 얻게 된다.

아득하여 착수할 데가 없기도 하고 밝아져서 보이는 듯도 하다. 밝다가도 혹 어둡게 되고 어둡다가도 혹 밝게 된다. 그만 멈추려고 하면 차마 그럴 수가 없고 힘써 하자고 하니 힘이 부친다.

마땅히 스스로 책망하고 스스로 부끄럽게 생각하여야 한다. 50세 되는 때 지난 49세의 그름을 알게 되고[01] 구십이 되어 스스로 경계하는 억시(抑詩)[02]를 지은 이도 있었다. 이들은 옛날에 스스로 힘

---

* 출전 : 「자경잠」-「여한십가문초」
01 춘추시대의 위(衛) 나라 거백옥(蘧伯玉)의 일화. 나이 오십이 되자 자신의 49년 동안의 삶이 그릇된 것이었음을 알았다고 함.
02 『시경』의 억편.

쓰던 분들이다.

오히려 숨 한번 쉬는 동안에도 삶을 게을리 하지 아니하였으니 힘쓸지어다, 힘쓸지어다.

자포자기(自暴自棄)하는 이는 대체 어떤 자냐.

   살아가면서 난관에 부딪칠 때가 있다. 지금 내 앞에 펼쳐진 삶의 곤경은 힘겹다. 하지만 길게 보면 그 곤경은 내가 이겨낼 수 있을 만큼 나를 단련시켜주는 값진 기회다. 힘겨우나 그 힘겨움은 스스로 이겨낼 수 있을 정도이며, 즐거우나 그 즐거움도 내가 누릴 만큼의 수준이다. 점으로 보면 벽이지만 선으로 보면 문에 해당하는 것이 바로 내가 만나는 곤경이다. 그러니 삶의 행로를 좀더 길게 바라보면 힘을 얻을 수 있는지 모른다. 삶에서 만나는 곤경은 행운만큼이나 내가 통과하는 하나의 과정이기 때문이다.

   이색의 글은 '스스로를 경계하는 격언'이다. 이 격언은 삶을 과정으로 본다는 점에서 우리에게 교훈을 준다.

   글쓴이의 나이는 오십, 그는 가을 어느날 스스로를 경계하는 글을 지어 자신을 독려한다. 그가 말하는 것들은 세상을 살아가면서 하려는 일들과 깨달음 등 삶의 모든 것에 관한 부분이다. 힘써 노력하는 것, 스스로를 책망하는 것, 자신의 마음과 일을 부끄럽게 여기는 것, 이 모든 것은 일상이 하나하나가 모두 수행이고 도량이라는 사실을 되새기게 해준다.

때문에 이 글의 끝에서 "자포자기하는 이는 대체 어떤 자냐" 하며 자신을 향해 준열하게 호통할 수 있는 것이다.

12

나라 이름을 짓기까지
정도전

우리나라는 나라의 이름이 일정하지 않았다. '조선(朝鮮)'이라 말한 이로는 셋이 있다. 단군(檀君)과 기자(箕子), 위만(衛滿)이 바로 그들이다.

박씨(朴氏), 석씨(昔氏), 김씨(金氏)가 서로 이어서 신라(新羅)라 정했고, 온조(溫祚)는 앞서 '백제(百濟)'라 불렀다. 견훤(甄萱)은 뒤에 '후백제(後百濟)'라 이름붙였다. 또 고주몽(高朱蒙)은 '고구려(高句麗)'라 정했고, 궁예(弓裔)는 '후고구려(後高句麗)'라 이름을 붙였다. 왕씨(王氏)는 궁예를 대신하여 '고려(高麗)'라는 국호를 그대로 썼다.

이들은 모두 한 지역을 몰래 차지하고 나서는 중국의 명을 받지도 않고 스스로 명호를 세우고 서로를 침탈하였으니 비록 호칭한 것이 있다 해도 취할 게 무엇이 있겠는가? 다만 기자만은 주나라 무왕(武王)의 명을 받아 조선후(朝鮮侯)에 봉해졌다.

＊출전 : 「국호」-『삼봉집』

지금의 중국 천자(天子)[01]는 "오직 조선이란 칭호가 아름다울 뿐 아니라, 그 유래가 오래되었다. 이 이름을 그대로 쓰고 하늘을 생각하며 백성을 다스리면 후손이 길이 창성하리라."라고 명을 내렸다. 아마 주나라 무왕이 기자에게 명하던 것처럼 전하께 명한 것이니, 이름이 벌써 올바르고 말이 순리에 맞게 된 것이다.[02]

기자는 무왕에게 홍범(洪範)[03]을 설명하고 홍범의 뜻에 덧붙여 8조(條)의 교(敎)[04]를 지어 나라 안에서 시행하니, 정치와 교화가 성하게 행해지고 풍속은 지극히 아름다웠다. 그리하여 조선이란 이름이 천하 후세에 이처럼 전해지게 된 것이다.

이제 조선이라는 아름다운 국호를 그대로 사용하게 되었으니, 기자의 선정(善政) 또한 당연히 강구(講究)해야 할 것이다. 아! 명나라 천자의 덕도 주왕과 무왕에게 부끄러울 게 없겠지만, 전하의 덕 또한 어찌 기자에게 부끄러울 게 있겠는가? 장차 홍범의 배움과 8조

---

01 명태조(明太祖)를 가리킴.

02 《논어(論語)》 자로(子路)에 "이름이 바르지 못하면 말이 순조롭지 못하다[名不正 則言不順]."라는 말에서 인용한 것임. 조선이라고 불러야 할 때 조선이라 했으므로 그 이름을 부르기가 순조롭다는 뜻.

03 《서경》의 편명으로 '큰 법칙'의 뜻.

04 기자가 지었다는 8조 가운데 현재는, "사람을 죽인 자는 죽인다[相殺償以命].", "사람을 상해한 자는 곡물로 보상케 한다[相傷以穀償].", "남의 물건을 훔친 자는 그 집 노비로 삼는다[相盜者沒爲其家奴婢]."라는 이 세 가지 조목만 전한다. 이수광(李睟光)은 《지봉유설(芝峯類說)》에서 오륜(五倫)을 합쳐 8조로 보았고, 안정복(安鼎福)은 《동사강목(東史綱目)》에서, 8조를 홍범(洪範)의 팔정(八政)으로 보았다.

의 가르침이 오늘 다시 시행되는 것을 보게 되리라. 공자는, "나는 등용해주면 [노나라를] 동주(東周)처럼 훌륭한 나라로 만들겠다." (『논어』 양화편) 라고 하였으니, 공자가 어찌 나를 속이겠는가?

　정도전이, 이름 붙인 '조선'이라는 국호의 내력을 단군과 기자와 위만으로 끌어올리고 있는 까닭 하나가 있다. 주변에는 명나라가 부정할 수 없는 엄연한 현실로써 거대제국을 이루고 있었다. 때문에 국호의 인준을 받는 방식 안에 제국보다 더 아득한 시원의 세계에서 시작된 국호의 역사를 끌어들임으로써 장구한 역사의 정당성을 확보하는 방식을 취했다. 신라와 백제, 후백제와 고려 등에 이르는 고대와 중세 국가들은 모두 단군과 기자가 사용한 '조선'이라는 명명 앞에 빛을 잃는다.

　정도전의 글이 표면적으로는 명의 정치적 추인을 받는 방식을 취하고 있으나 글 안에 담긴 문맥에서는 놀랍도록 주체적이고 실용적인 정신을 보여준다. 나라의 토대를 닦고 유학자들의 세계가 온전히 이루어지기를 바라는 안목은 국제 정세를 감안하면서도 지극히 구체적이다. 그 치밀한 안목은 공자의 '정명' 사상을 그의 원대한 포부로 인용하는 데서도 잘 확인된다.

　'대한민국'이라는 나라의 이름은 어디에서 유래했을까. '대한'이라는 명칭의 유래는 1897년 고종이 국호를 '대한'으로 선포한 데서 비롯된다. '대한 제국'이라는 후 국호 결정 이유가 '황제 반조문(頒詔文)'에서 언급돼 있다. "大韓은 朝鮮의 부정이나 혁명이 아니라 도리어 檀君(단군)과 箕子(기자) 이래의 분립, 자웅을 다투던 여러 나라를 통합하고, 나아가 馬韓(마한), 辰韓(진한), 弁韓(변한)까지 呑倂(탐병)한 高麗를 이은 朝鮮이 유업을 계승, '독립의 기초를 창건하여 자주의 권리'를 행하는 뜻에서 국호를 정했다."라고 하여 정도전의 글에 유래를 두고 있음을 알게 된다.

그러나 '대한'이라는 말은 3.1운동에서 '대한독립만세!'라는 구호로 처음 등장했다. 하지만 국호인 '대한민국'의 명칭이 공식적으로 사용된 것은 대한민국 임시정부의 수립 이후이다. 상해에서 임시정부 수립 회의에서 신석우 선생이 제안하여 채택되었다. 광복 이후 1948년 구성된 제헌국회에서는 대한민국임시정부의 법통을 계승한 민주공화국 체제 헌법을 제정하였고, 제헌 국회에서는 대통령 이승만 부통령 이시영을 선출하였고, 이승만은 정부 구성과 함께 대한민국의 출범을 선포했다.

13

올바른 지도자 양성은 나라의 근본
정도전

다음 왕위를 이을 세자는 하늘 아래 있는 모든 나라의 근본이다.
옛날 선왕(先王)이 세자를 반드시 장자로 추대한 것은 왕위 다툼을
막기 위한 것이었고, 반드시 어진 사람으로 선택한 것은 덕을 존중
하기 위한 것이었다. 그러므로 천하와 국가를 공적으로 생각하는
마음 아닌 것이 없었다.

그래도 더러 세자의 교양이 부족하면 덕업(德業)을 차차 이루어가
지 못하고, 맡긴 중책을 감당하지 못할까봐 염려하였다. 그래서 경
험이 풍부한 학자와 덕행 높은 현인을 정해 세자의 스승으로 삼았
고 단정한 사람과 정직한 선비를 세자의 동무로 삼아, 아침저녁으
로 익히고 권하는 것이 바른 말과 바른 행동이 아닌 게 없도록 하였
다. 세자를 덕으로 감화시켜 길러내는 것도 이렇듯 지극했다. 선왕
은 세자에 대해 다만 지위를 정해주는 것뿐만 아니라, 세자를 가르

* 출전 : 「나라의 근본을 정함」-『삼봉집』

치는 것도 이와 같았다.

그러나 간혹 기술을 가진 인사를 초빙하여 한갓 사장(詞章)의 학문을 배우는 경우가 있어서, 그 배우고 익힌 것이 도리어 본심을 미혹하게 하는 빌미가 되기도 했다. 심한 경우에는 참소하고 아첨하는 무리들만 신임하여 놀이나 즐기고 편안하고 한가로운 일만을 좋아하다가 끝내 세자의 자리를 보존하지 못한 자가 많았으니, 참으로 할 뿐이다.

우리 전하께서는 즉위하자 얼마 되지 않아서 명을 내려 먼저 동궁의 지위를 바르게 하고자 왕세자를 가르치는 관직인 서연관(書筵官)을 설치하였다. 문하좌시중(門下左侍中) 조준(趙浚), 판중추원사(判中樞院事) 남재(南在), 첨서중추원사(簽書中樞院事) 정총(鄭摠)의 학문적 업적이 세자에게 학문을 익히고 권할 만한 능력을 갖추고 있다고 믿어 그들에게 명하여 세자의 스승과 빈객으로 삼았다. 불민(不敏)한 신하인 본인 또한 두 번째 스승[이사(貳師)]의 직책을 더럽히게 되었다. 신은 비록 학문이 소략하여 세자의 덕을 제대로 보좌하기는 어려우나 마음 속으로 늘 책임을 잊은 바 없었다.

지금 우리 동궁께서는 뛰어난 자질과 온화한 성품으로 일찍 일어나시고 늦게 주무시면서 부지런히 서연(書筵)에 참가하셔서 강론을 게을리하지 않으신다. 그러니 앞으로 일취월장하여 반드시 그 학문이 빛과 같이 밝게 되는 경지에 이르게 될 것이라 기대한다. 세자의 지위를 올바르게 만들어 나라의 근본을 튼튼하게 하는 것은 당연히 해야 할 일이다.

해설

    세자의 간택과 책봉 문제는 조선조 사회에서 나라의 앞날을 가늠하는 중대사의 하나였다. 지도자 선택의 문제는 어제오늘의 일이 아닌 셈이다.

    세자의 됨됨이는 간택의 과정에서 중시되는 척도가 되지만, 세자의 교육에는 당대 최고의 학자와 현인들이 나섰다. 나라의 앞날을 짊어져야 하기 때문이었다. 그 아래로는 세자가 뜻을 펼칠 동료가 될 만한 아랫사람[요속(僚屬)] 또한 정직하고 바른 말하는 이들로 채웠다.

    이 글은 세자에 한정되지만, 지금의 시대에서는 지도자를 교육하는 일로 바꾸어도 무방하다. 오늘날에도 지도자 선택이 얼마나 중요한지는 피부로 절감한다. 자신들이 선택한 지도자가 나라의 인재들을 길러내고 나라의 백년대계를 놓고 차근차근 근본에서부터 새롭게 기풍을 만들어갈 것인지를 두고 볼 일이 국민의 의무이자 시민의 권리에 해당한다.

14

일화로 본 인간 세종(1)

태종에게서 생전에 왕위를 승계한 세종

• 태종 18년 무술 6월에 책봉하여 세자가 되었다. 8월, 태종이
지신사(知申事) 이명덕(李明德)을 불러서 이르기를, "내가 왕위에
오른 지, 이제 벌써 19년이나 되었다. 아침에나 밤에나 삼가며
두려워하였으나 위로는 하늘의 뜻을 보답하지 못하여 여러 차
례 재변이 내리고 또 오래된 병이 있으니, 이제 세자에게 왕위
를 전해 주려 한다." 하였다. 정부와 육조(六曹), 모든 공신들이
궁문을 열어젖히며 들어와서는 하늘을 부르며 통곡하여 내렸
던 명령을 거두어주기를 청했으나 윤허하지 않았다.

　태종이 보평전(報平殿)에 거동하여 내신(內臣)에게 명하여 서
둘러 세자를 불러들여 국새(國璽)를 전하고는, 곧 자기의 거처를
연지동(蓮池洞) 별궁으로 옮겼다. 세자가 그 뒤를 따라가서 국새

를 받들고 친히 내정(內庭)에 나아가 굳이 사양하여 밤이 되었는
데도 윤허하지 않았다. 드디어 경복궁에서 (세종이) 즉위하여
조하(朝賀)를 받고 죄인에게 사면령을 반포하고는 백관을 거느
리고 전문(箋文)을 갖추어 상왕전(上王殿)에 사은하고 군국(軍國)
에 관한 대사는 모두 상왕에게 여쭙기로 하였다.

11월에 세종이 곤룡포와 면류관을 갖추고 인정전(仁政殿)에
나아가 상왕에게 성덕 신공(聖德神功)이라는 존호와 대비(大妃)에
게 후덕(厚德)이라는 존호를 올리고, 상왕의 시어소(時御所)에 행
차하여 경헌례(敬獻禮)를 행하였다. 《국조보감》《동각잡기》

• 상왕 태종이 이르기를, "내가 세자에게 왕위를 전한 것은 애초
에 세상일을 잊어버리고 뜻대로 편히 지내고자 해서이다. 다만
군사(軍事)에 대해서만 친히 보살피려 하는 것은 임금이 나이
젊어서 군사를 알지 못하기 때문이니, 그의 나이가 서른이 되
고 일에 경험이 많기를 기다려서 모두 전해주려 한다. 지난 날
에 만일 모든 아들로 하여금 원수(元帥)를 삼아서 여러 도의 군
사를 나누어 맡게 하였더라면 임금이 어찌 오늘에 이르기까지
군사 일을 알지 못하였겠는가. 그러나 내가 그렇게 하지를 못
했으니, 이는 저 양녕(讓寧)이 시기하고 음험한데 모든 아우들
이 제각기 병권(兵權)을 잡고 있으면 어찌 서로 용납하였겠는
가. 그래서 그렇게 못한 것이다." 하였다. 《국조보감》

• 세종이 상왕에게 상수(上壽)할 때 뭇 신하들이 모시고 잔치를 벌였다. 상왕은 이르기를, "내가 왕위를 피한 것은 복을 쌓아두고자 해서였는데 이제 와서 도리어 더욱 높아졌도다." 하였다. 술에 취하자 뭇 신하가 춤을 추었는데, 상왕 역시 춤추며 이르기를, "왕위를 맡기는데 만일 적임자를 얻지 못했다면 비록 걱정을 잊으려 한들 되었겠는가. 임금은 참으로 개국한 뒤를 계승하여 문치(文治)로 태평을 이룩할 임금이로다." 하였다.

《국조보감》

• 임금이 낙천정(樂天亭)에서 상왕을 뵐 때, 사신 조량(趙亮)과 이절(易節)이 뒤를 따라 이르렀기 때문에 들여서 잔치를 베풀었다. 조량이 찬탄하기를, "하늘이 이런 선경을 마련해 주었으니 전하께서는 한가하게 지내며 수양하기에 가장 알맞고, 새 전하께선 조정[明朝]을 공경하며 늙으신 상왕을 높여 충성과 효도가 겸전하시니, 내 일찍이 사신 간 나라가 많았으나 새 전하처럼 어진 분은 보지 못하였오." 하고, 이내 "돈이 아무리 많아도 자손의 어진 것은 사지 못하리."라는 옛 구절을 읊었다. 이에 상왕이 사례하기를, "이제 사신의 말을 들으니 나도 모르게 눈물이 절로 내리오." 하였는데, 그 자리에 모시고 있던 신하들도 모두 감격하여 울었다. 《국조보감》

세종의 천성

• 임금은 침착하고 과묵하며 제왕의 위의가 있었다. 왕위에 오르
자 총명과 지혜는 만민에 뛰어난 성인이었고, 너그러움과 온유
함은 뭇 백성을 용납하고 기르는 덕을 지녔다. 사물을 처리함에
혼자서 판단하여 주장이 있었고 위엄있고 모범이 되어 근엄하
고 중정한 조심성이 있었으며, 정미한 의리는 신묘한 경지에 이
르러, 사물의 조리를 세밀히 관찰하는 분별력이 있었다. 날마
다 네 번째 인경 소리가 나면 일어나 옷을 입고 평명(平明)에 조
회를 받고 나서는 곧 일을 보고, 다음에는 신하를 번갈아 만나
보고, 다음에는 경연(經筵)에 나아갔다. 그리고 나서야 내전(內
殿)에 들어갔는데 오히려 서적을 보아 조금도 게을리함이 없었
다. 그리하여 정사는 시행되지 않음이 없었고 일은 처리되지 않
음이 없었다. 〈신도비 지문(誌文)〉

• 임금은 늘 이르기를 "나는 서적에 대해서 눈으로 한번 거친 것
은 곧 잊지 않았다." 하였으니, 총명과 글 좋아함은 천성이 그
러하였던 것이다. 또 이르기를, "나는 궁중에 있을 때 손을 거
둔 채로 한가히 앉아 있었던 적이 없었다." 하였다.《국조보감》

• 임금은 천성이 학문을 좋아하여 세자로 있을 때 항상 글을 읽되
반드시 백 번씩을 채우고, 《좌전(左傳)》과《초사(楚辭)》같은 것은
또 백 번을 더 읽었다. 일찍이 몸이 불편할 때에도 역시 글 읽기

를 그만두지 않았으니, 병이 점차 심해지자 태종은 내시를 시켜 갑자기 책을 모두 거두도록 하였다. 그리하여 다만 《구소수간 (歐蘇手簡)》 한 권이 병풍 사이에 남아 있었는데, 임금은 천백 번을 읽었다. 왕위에 오른 뒤에는 날마다 경연을 열어 제왕으로서의 공덕은 백왕(百王) 중에서 높이 뛰어났었다. 일찍이 근신(近臣)에게 이르기를, "글읽는 것이 가장 유익하니, 글씨를 쓴다든지 글을 짓는 것은 임금이 유의할 필요가 없다." 하였다. 만년에 기력이 줄어 비록 조회는 보지 않았으나, 문학에 관한 일에는 더욱 유의하여 유신(儒臣)에게 명하여 국(局)을 나누어 설치해서 모든 책을 편찬케 하였으니, 《고려사(高麗史)》·《치평요람(治平要覽)》·《역대병요(歷代兵要)》·《언문(諺文)》·《운서(韻書)》·《오례의(五禮儀)》·《사서오경음해(四書五經音解)》 등이 모두 직접 재단을 거쳐 이루어졌는데, 하룻 동안에 열람한 것이 몇십 권에 이르렀다. 《필원잡기(筆苑雜記)》

세종의 선정

• 동북 지방의 다른 민족들이 모두 복종하여 국경 안이 편안하니, 당시 사람들이 해동요순(海東堯舜)이라 일컬었다. 《국조보감》

• 임금은 모든 진기한 물건들을 좋아하지 않았기 때문에, 상림원 (上林苑)에 명하여 온갖 꽃과 새들을 모두 민간에게 나누어 주었

다. 함길도 도절제사(咸吉道都節制使) 하경복(河敬復)이 길들인 사
슴을 바치고자 하니, 임금이 이르기를, "이상한 새나 기이한 짐
승은 옛 사람들이 경계한 바이니, 들이지 말라." 하였다.

• 강음현(江陰縣) 백성 조원(曺元)이 농토 문제로 관가에 송사를 할
때, 현관(縣官)이 송사를 지체한다고 분개하여 말하기를, "지금
임금이 밝지 못하여 이제 이따위를 수령으로 삼았다." 하였다.
금부(禁府)와 삼성(三省)의 관원이 모두 죄 주기를 청했으나 임금
은 심문하지 말라고 명하고 이르기를, "요즘 홍수와 가뭄이 서
로 잇달아서 백성이 몹시 괴로운데, 조원의 고을 수령이 이러
한 괴로움을 생각하지 않고 손님과 술을 마시느라고 송사를 지
체하고 판결하지 않았으니, 조원의 말은 다만 이를 미워해서
그러한 것이리라." 하고, 끝내 죄 주기를 허락하지 않았다.

《국조보감》

• 임금이 일찍이 병이 나서 누웠는데, 나인(內人) 등이 무당의 말
에 혹하여 성균관(成均館) 앞에서 기도를 하니 유생들이 무녀를
쫓아냈다. 중사(中使)가 크게 노하여 그 연유를 아뢰었더니, 세
종이 병든 몸을 부축케 하여 일어나 앉으면서 이르기를, "내 일
찍이 선비를 기르지 못했는가 염려하였는데, 이제 선비들 기운
이 이러하니 내 무슨 걱정을 하리오. 이 말을 들으니 내 병이
낫는 것 같구나." 하였다.

• 임금은 항상 소갈증으로 고생하였다. 대언 등이 아뢰기를, "의원의 말에 이는 먼저 음식물로 치료를 해야 하는데, 흰 수탉·누런 암탉·양 고기가 모두 갈증을 다스릴 수 있다 하니, 청컨대 유사로 하여금 날마다 들이도록 하소서." 하니, 세종이 이르기를, "내 어찌 내 한 몸을 위해서 동물의 생명을 해치겠는가. 하물며 양이란 본국에서 나는 것이 아님에랴." 하였다. 대언 등이 다시금 아뢰기를, "관가에 기르는 양이 번식하니, 청컨대 한 번 드셔보소서." 하였으나, 임금은 끝내 허락하지 않았다.

• 임금이 서쪽 교외에 행차하여 농사짓는 광경을 구경할 즈음, 말을 천천히 몰아 효령대군(孝寧大君)의 별장인 새 정자에 올랐다. 때마침 단비가 내려 잠깐 동안에 온 들판이 흡족하였다. 임금이 매우 기뻐하여 곧 그 정자 이름을 희우(喜雨)라 하였다.

• 임금이 항상 근정전(勤政殿)에 앉아서 대신과 더불어 정신을 가다듬어 정치를 잘 되게 하려 하였으므로 황희(黃喜)와 허조(許稠)는 정부에서 물러가서도 오히려 옷을 끄르지 못하였으니, 불시에 부르는 일이 있을까 해서이다. 《정암집(靜菴集)》〈연주(筵奏)〉

• 임금이 신하를 예법으로 대우하여 당대에는 사대부로서 극형을 당한 이가 없었다. 〈지장(誌狀)〉

15

일화로 본 인간 세종(2)

세종의 인재 양성

• 임금은 문치(文治)에 정성을 다하였다. 2년 경자에 비로소 집현
전을 두어 문사 열 사람을 뽑아서 채웠더니, 그 뒤에 더 뽑아서
삼십 명이 되었다. 다시 이십 명으로 줄여 열 사람에게는 경연
(經筵)의 일을 맡기고, 또 열 사람은 서연의 일을 보게 하여 오로
지 문한(文翰)을 맡기되, 고금의 일을 토론하여 아침저녁으로
쉬지 않게 하니, 문장 하는 선비가 배출되어 인재를 많이 얻게
되었다. 집현전 남쪽에 큰 버드나무가 있었는데, 기사년과 경
오년 사이에 흰 까치가 와서 집을 지어 낳은 새끼가 모두 희더
니, 몇해 사이에 요직에 오른 이는 모두 집현전에서 나왔다.

《필원잡기》

＊출전 : 「세종조 고사본말」−『연려실기술』

• 집현전에서는 일찍 출근하여 늦게야 끝나서 일관(日官)이 시간을 아뢴 연후에 나가게 하였고, 아침과 저녁에 밥을 먹을 때에는 내관으로 하여금 손님처럼 대하게 하였으니, 그 우대하는 뜻이 지극하였다. 《용재총화(慵齋叢話)》

• 임금이 인재를 기르는 아름다운 일은 옛 임금들보다 뛰어났다. 집현전 선비들이 날마다 번갈아 숙직을 하는데, 그들을 사랑함과 대접의 융숭함을 사람들이 모두 영주(瀛洲)에 오른 것에다 견주었다. 어느날 밤 이경(二更) 쯤에 내시를 시켜 숙직하는 선비가 무엇을 하는가를 가서 엿보게 하였는데, 신숙주(申叔舟)가 바야흐로 촛불을 켜놓고 글을 읽고 있었다. 내시가 돌아와서 아뢰기를, "서너 번이나 가서 보아도 글 읽기를 오히려 끝내지 않다가 닭이 울자 비로소 취침하였습니다." 하였다. 임금이 이를 가상하게 여겨서 담비 갖옷을 벗어 그가 잠이 깊이 들 때를 기다려 그 위에 덮어주게 하였다. 숙주는 아침에 일어나서야 이 일을 알게 되었고, 선비들은 이 소문을 듣고 더욱 학문에 힘을 쓰게 되었다. 《필원잡기》

• 8년 병오에, 임금이 집현전 부교리 권채(權採)·저작랑(著作郎) 신석견(申石堅, 뒤에 석조(碩祖)로 이름을 고쳤다.)·정자(正字) 남수문(南秀文) 등을 불러서 전교하기를, "내가 듣건대, 너희들은 나이가 젊고 장래가 있다 하니, 이제부터 벼슬을 그만두고 각기 집에서 편히 있으면서 글 읽기에 마음을 전력하여 그 효과를 드

러내도록 하되, 글을 읽는 규범은 대제학 변계량(卞季良)의 지도를 받도록 하라.” 하였다.《동각잡기》

• 임금이 집현전을 설치하고 문학하는 선비를 모아 몇십 년 동안을 길러서 인재가 배출되었다. 그러나 아침에는 관청에서 일하고 저녁에는 숙직하여 공부에 전념하지 못할 것을 오히려 우려하여 나이가 젊으며 재주 있고 몸가짐이 단정한 몇 사람을 뽑아 긴 휴가를 주어 번을 나누어 들어와 숙직하게 하며, 산에 들어가 글을 읽게 하고 관에서 그 비용을 제공하였다. 경사(經史)·백가(百家)와 천문·지리와 의약·복서(卜筮) 등을 마음껏 연구하여, 학문이 깊고 넓어 통하지 못한 것이 없게 함으로써 장차 크게 쓰일 기초를 이룩하였으니, 인재를 많이 양성하였기 때문에 집현전에 뽑히는 것을 영주(瀛洲)에 오른 것에다 견주었다.《필원잡기》

• 24년 임술에 또 신숙주 등 여섯 사람을 진관사(津寬寺)에 보내었다.《용재총화》

• 임금이 말년에 내불당(內佛堂)을 지었는데, 대신이 간했으나 듣지 않았고 집현전 학사들이 간해도 역시 듣지 않았기 때문에, 학사들이 모두 물러나와 집으로 돌아가서 집현전이 텅비었다. 임금이 눈물을 흘리며 황희를 불러 이르기를, “집현전의 여러 선비들이 나를 버리고 가버렸으니, 장차 어떻게 해야 하는가.”

하니, 황희가 대답하기를, "신이 가서 달래겠습니다." 하고, 곧 두루 모든 학사의 집을 찾아가 간청해서 돌아오게 하였다. 정 암(靜菴)의 〈연주(筵奏)〉와 중봉(重峯)의 〈소(疏)〉

세종의 예악 진작

• 10년 무신에 임금이, 진주(晉州)에 살고 있는 백성이 아비를 죽 였다는 소문을 듣고 깜짝 놀라 이르기를, "이것은 나의 부덕한 소치이다. 허조(許稠)가 매양 나에게 상하의 분수를 엄격히 세 우라고 권하더니 과연 그렇구나." 하였다. 변계량(卞季良)이, 《효행록(孝行錄)》과 같은 서적을 널리 반포하여 시골에 사는 백 성들로 하여금 평상시에 읽게 하여 점차로 효제와 예의를 숭상 하는 습속을 이룩하게 하기를 청하니, 이에 설순(偰循)에게 명하 여 《효행록》을 고쳐 편찬하게 하였다.

• 유신(儒臣)에게 명하여 고금의 충신·효자·열녀 중에서 특별히 후세에 모범이 될만한 일을 편집하게 하였는데, 일을 따라 기 록하고 아울러 시와 찬(贊)도 짓되, 무식한 민간의 남녀들이 알 지 못할까 염려하여 그림을 그려 붙이고는 《삼강행실(三綱行實)》 이라 이름하여 중외에 널리 반포하였고, 곧 정몽주를 충신전에 넣도록 명하였다.

• 권진(權軫) · 정인지 등에게 명하여, 목조(穆祖) 이후에 나라의 기초를 잡은 사적으로부터 태종이 세자로 있을 때까지를 엮어서 기술하되, 먼저 옛 제왕의 사적을 서술하고 다음에 조선의 일을 써서 《용비어천가》라 이름하니, 모두 1백 25장이었다. 명하여 궁중에서 간행해서 여러 신하에게 나누어 주어 조회 · 제전 · 잔치 · 향사 등에 쓰는 악사(樂辭)로 쓰게 하였다.

《국조보감》《대동운옥(大東韻玉)》

훈민정음 창제 과정

• 옛날 신라(新羅) 때에 설총(薛聰)이 처음으로 이두(吏讀)를 만들어서 관가나 민간에서 이제까지 써왔으나 모두 글자를 빌려 만들었기 때문에 더러는 난삽하기도 하고 통하지 않기도 하였으니, 비루하고 근거가 없을 뿐만이 아니었다. 임금이 생각하기를, "모든 나라가 각기 자기 나라의 글자를 만들어서 자기 나라의 말을 기록하는데, 유독 우리나라에만 그것이 없다." 하여 친히 자모(字母) 28자를 창제하여 '언문(諺文)'이라 이름하였으며, 궁중에 언문청을 설치하고, 신숙주(申叔舟) · 성삼문(成三問) · 최항(崔恒) 등에게 명하여 편찬시켜 《훈민정음(訓民正音)》이라 이름하였다.

• 초종성(初終聲)이 여덟 글자이니, ㄱ ㄴ ㄷ ㄹ ㅁ ㅂ ㅅ ㅇ이요, 초성(初聲)이 아홉 글자이니, ㅈ ㅊ ㅌ ㅋ ㅍ ㅎ ㆆ ㅿ ㆁ이요, 중

성(中聲)이 열한 자이니, ㅏ ㅑ ㅓ ㅕ ㅗ ㅛ ㅜ ㅠ ㅡ ㅣ ·이었다. 그 글자 체는 옛전자[古篆]와 범자(梵字 인도자)를 모방하여 만들었다. 그리하여 모든 말소리나 한문자로서 기록할 수 없는 것을 막힘없이 통달하게 하였고, 《홍무정운(洪武正韻)》에 실린 모든 글자 역시 모두 언문으로 쓰게 되었다. 드디어 오음(五音)으로 나누어 구별을 지었으니, 곧 아음(牙音)·설음(舌音)·순음(脣音)·치음(齒音)·후음(喉音)이었다. 순음에는 가볍고 무거운 것의 다름이 있고, 설음에는 정(正)과 반(反)의 구별이 있으며, 글자 중에서도 역시 전청(全淸)·차청(次淸)·전탁(全濁)·차탁(次濁)·불청(不淸)·불탁(不濁) 등의 차이가 있어, 비록 무식한 여인이라도 분명하게 알지 못하는 이가 없었다.

• 중국 한림학사 황찬(黃瓚)이 때마침 요동에 귀양 와 있었으므로 성삼문(成三問) 등에게 명하여 황찬을 찾아가 보고 음운(音韻)에 관한 것을 질문하게 하였다. 그리하여 요동에 왕복하기를 무릇 열세 차례나 하였다. 《용재총화》《동각잡기》

• 그때 임금이 처음으로 언문을 만들자 집현전의 모든 선비가 함께 불가함을 아뢰어, 심지어는 상소하여 극도로 논한 이까지 있었다. 임금이 최항 등에게 명하여 《훈민정음》과 《동국정운(東國正韻)》 등의 책을 지었다. 《사가집(四佳集)》

16

백성을 깨우치는 바른 소리말

정인지

천지 자연의 (이치에 맞는) 소리가 있다면 반드시 천지 자연의 (이치에 맞는) 문자가 있어야 합니다. 그래서 (중국에서는) 옛 사람이 (그) 소리에 따라서 (그에 걸맞게) 문자를 만들었습니다. 그리하였기 때문에 (그것으로써) 온갖 사물의 실상(實相)과 통하게 되었고, (그것으로써) 삼재의 도리를 책에 싣게 되었으니, 후세 사람이 (이를) 바꿀 수 없게 되었습니다.

하지만 세계는 기후와 토질이 (서로) 나누어져 있고, 말소리의 기운도 또한 (이에) 따라서 서로 다릅니다. (그런데) 대개 중국 이외의 나라말은 그 말소리는 있으나, 문자는 없습니다. (그래서) 중국의 문자를 빌려 함께 사용하고 있으나, 이는 마치 둥근 구멍에다 모난 자루를 낀 것처럼 서로 맞지 않는 일이어서 어찌 능히 통달해서 막힘이 없게 할 수 있겠습니까? 요컨대 (글자란) 모두 각자 살고 있는

＊출전 : 「정인지 서」-『훈민정음』 해례본

지역에 따라 정해지는 것이지, 그것을 강요하여 같이 쓰게 할 수는 없습니다.

우리 동방은 예악(禮樂)과 문장 따위의 문물제도가 중국에 비길 만하나 다만 한 지방의 말[방언]이어서 (나라말만은) 중국과 같지 않습니다. (그래서) 글 배우는 이는 그 뜻의 깨치기 어려움을 근심하고 법을 다스리는 이는 그 사연이 통하기 어려운 일을 괴롭게 여깁니다.

옛날, 신라의 설총이 처음 이두를 만들어, 관청과 민간에서는 아직까지 이두를 사용하고 있습니다. 그러나 (이두는) 모두 한자를 빌려 사용하므로, 어떤 것은 어색하고 어떤 것은 (우리 말에) 꼭 들어맞지 않습니다. 비단 속되고 이치에 맞지 않을 뿐만 아니라, (우리) 말을 적는데 이르러서는 그 만분의 일도 통달하지 못하는 것입니다.

계해년 겨울에 우리 전하께서는 마침내 정음 스물여덟 자를 창제하시고, 간략하게 사례와 뜻[예의(例義)]을 들어 보이시면서 그 이름을 '훈민정음(訓民正音, 백성을 깨우치는 바른 소리글자)'이라 지으셨습니다. 이 글자는 사물의 외양을 본떠 만들되 글자 모양은 중국의 고전(古篆)과 비슷합니다. (이 글자는) 소리의 원리를 바탕으로 삼았기 때문에 음은 칠조(七調, 일곱 음조)에 맞고, 삼재(三才, 하늘과 땅과 사람)의 뜻과 이기(二氣, 음과 양)의 묘한 이치가 포함되지 않은 것이 없습니다.

(게다가) 이 스물여덟 자를 가지고서는 전환이 무궁하여 간단하

면서도 요긴하고 정밀하면서도 소통이 잘 됩니다. 그런 까닭에, 슬기로운 사람은 하루아침을 마치기도 전에 (이를) 깨우치고, 어리석은 사람이라도 열흘이면 배울 수 있습니다. 이 글자로 한문을 풀이하면 그 뜻을 알 수 있고, 이 글자로 송사를 맡더라도 그 실정(實情)을 잘 가늠할 수 있게 되었습니다.

글자와 소리는 맑고 탁함을 능히 구별할 수 있고, 악가(樂歌)의 가락[율려(律呂)]이 고르게 되며, 쓰는 데 갖추어지지 않은 바가 없고, (어떤 경우에도) 이르러 통달하지 않는 곳이 없습니다. 바람소리, 학의 울음소리, 닭 우는 소리, 개 짖는 소리라도 모두 이 글자로 기록할 수가 있습니다.

드디어 (세종께서) 저희들에게 자세히 이 글자에 대해 해석하여 여러 사람들을 가르치도록 분부하시니, 이에 신(臣)은 집현전 응교 최항, 부교리 신 박팽년, 신 신숙주, 수찬 신 성삼문, 돈녕부 주부 신 강희안, 행(行)집현전 부수찬 신 이개, 신 이선로 등과 더불어 삼가 여러 가지의 풀이와 사례를 만들어 이 글자에 대한 내용을 적어, 보는 사람에게 스승이 없이도 스스로 깨우치도록 바랐사오나, 그 깊은 연원이나 자세하고 묘한 깊은 이치에 대해서는, 신들이 충분히 펼쳐 드러낼 수 있는 바가 아닙니다.

곰곰이 생각하옵건대, 우리 전하께서는 하늘이 내신 성인으로서 지으신 법도와 베푸신 시정 업적이 백왕(百王, 모든 임금)을 초월하여, 정음을 지으심도 어떤 선인(先人)의 학설을 이어 받으심 없이 스스로 이루신 것입니다. 참으로 그 지극한 이치가 들어 있지 아니한

데가 없으니, (이는) 한 사람의 사사로움으로 이루어진 것이 아닙니다. 대저 동방에 나라가 있음이 오래지 않은 것은 아니지만, 문물을 창조하시고 사업을 성취시켜 주실 큰 지혜는 대개 오늘을 기다리심이 계셨던 것입니다.

정통 11년 9월 상한, 자헌대부·예조판서·집현전 대제학·지춘추관사·세자 우빈객, 신 정인지는 두 손 모아 절하고 머리 조아려 삼가 썼습니다.

해설

　정인지가 지은 서문은 훈민정음해례본의 맨 끝에 붙어 있다. 그
런 이유에서 이 글은 『훈민정음』 맨 앞에 있는 세종이 지은 서문과
구별하기 위하여 '정인지 후서(鄭麟趾 後書)'라고 부른다.
　서문의 내용을 요약해 보면 다음과 같다. ①고인(古人)이 만든 문
자를 후세인들이 마음대로 바꿀 수 없다. ②그러나 지리적 조건이
다르면 사람의 발음도 달라진다. 그런데도 중국 이외의 나라에서는
고유의 문자가 없어 한자를 빌어쓰고 있으니 제대로 될 턱이 없다.
③우리나라의 문화수준이 중국과 견줄 만하나 중국과 언어가 달라
한자/한문을 사용하기 때문에 공부하는 이는 그 뜻을 깨우치기 어
려워하고 죄인을 다스리는 이는 한문으로 기록된 내용을 모른다.
④신라 때부터 써온 이두가 있으나 불편하고 실지 언어생활에서는
만분지 일도 의사를 전달할 수 없다. ⑤그래서 세종 25년 겨울에
세종께서 정음 28자를 만들고 훈민정음이라 명명했다. ⑥상형해서
글자를 만들었는데 중국 고전 문자와 비슷하다. ⑦불과 28자지만
얼마라도 응용이 가능하다. ⑧배우기 쉬워서 하루아침, 또는 열흘

이면 충분히 익힐 수 있다. ⑨이 글자가 창제되어 한문책의 뜻도 쉽게 알 수 있고, 죄인의 뜻도 알 수 있게 되었다. 또 한자음도 분명해졌고, 음악도 음계가 고르게 되었으며, 바람소리, 닭울음소리도 모두 적을 수 있게 되었다. ⑩이 책을 편찬한 사람은 최항 등 8명이다. ⑪이 글자는 순전히 세종대왕의 독창적인 창안에 의해 창제되었다.

'한글 창제'라는 사건은 세계적으로도 유례가 드물다. 한글의 창제는 고유한 말은 있으나 이를 적을 고유한 문자가 없어 어려운 한자를 빌려써온 오랜 역사를 청산하는 계기가 되었다.

정인지 서문에는 이런 인식과 함께 정치와 경제, 사회와 문화에 걸친 파급 효과가 어떻게 될 지를 가늠하는 내용이 담겨 있다. 고유한 글은 28개의 자모를 통해 세상의 모든 소리와 마음과 내용을 담아낼 수 있다는 것이다.

언어는 어떻게 사용하는가에 따라 얼마나 섬세하고 정확하게 쓰는가에 따라 문화의 품격을 형성한다. 이 놀라운 문자 발명을 뒤로 하고 영어나 외국어가 더 우월하다는 생각을 갖는 이들이 있다. 과연 그럴까? 의문을 가져야만 하는 근거가 바로 이 글이다.

17

뜻을 세우고 학문에 힘쓰자

이이

　처음 배우는 이는 먼저 뜻을 세우되 반드시 성인(聖人)이 될 것을 스스로 기약해야 하며, 조금이라도 자기 자신을 별 볼 일 없게 여겨 물러나려는 생각을 가져서는 안 된다. 일반인[衆人]도 그 본성은 성인과 똑같다. 비록 기질에는 맑고 흐림과 순수하고 뒤섞인 차이가 없을 수 없으나, 참답게 알고 실천하여 젖어온 구습(舊習)을 버리고 그 본성(本性)을 되찾는다면, 털끝만큼도 더 보태지 않아도 온갖 선함을 다 갖출 수 있을 것이다. 그러니 일반인이라 해서 성인이 될 것을 스스로 기약하지 않을 수 있겠는가. 그러므로 맹자가 성선설(性善說)을 주장하시면서 요순(堯舜)을 들어 실증하면서, "사람이면 누구나 태평성대를 연 요(堯)임금 순(舜) 임금처럼 될 수 있다." 하였으니, 어찌 우리를 속인 것이겠는가.

　언제나 스스로 분발하면, 사람의 본성은 본래 착하므로, 옛날이

＊ 출전 : 「배움에 뜻을 세움」-『격몽요결』

나 지금이나 지혜로운 사람이나 어리석은 사람이나 구별이 없다. 그런데 어찌하여 성인은 유독 성인이 되고, 나는 유독 평범한 사람이 되는가. 이는 진실로 뜻이 서지 못하고 앎이 분명치 못하고, 행함이 독실하지 못해서이다. 뜻을 세우는 것과 밝게 아는 것과 독실하게 행하는 것 모두가 나 자신에게 달려 있으니, 어찌 다른 데서 구하겠는가. 안연이 말하기를, "순(舜)임금은 어떤 사람이며, 나는 어떤 사람인가, 순임금처럼 행하면 순임금과 같은 사람이 될 수 있다." 하였는데, 나도 공자의 제자 안연(顏淵)이 순임금처럼 되기를 바란 것으로 법도로 삼아야겠다고 여겨야 한다.

사람의 추한 용모는 예쁘게 바꿀 수 없고, 약한 체력을 강하게 할 수 없고, 작은 키를 크게 만들 수 없으니, 이는 모두 정해진 분수로 고칠 수가 없다. 그러나 심지(心志)는 어리석은 것을 지혜롭게 고칠 수 있고, 못난 것을 현명하게 고칠 수 있으니, 이것은 텅 비어 신령스러운 마음이 타고난 분수에 구애받지 않기 때문이다. 지혜로운 것보다 아름다운 것이 없고 어진 것보다 귀한 것이 없는데, 어찌해서 어질고 지혜롭게 되지 못하여, 하늘이 내린 본성(本性)을 망치는가. 사람이 이런 뜻을 가지고, 결연히 물러서지 않는다면 도(道)에 가깝다고 할 수 있다.

보통 사람들이 자신이 뜻을 세웠다[立志] 라고 말하면서도 노력은 하지 않고 미적거리며 실천하기를 미루는데, 이것은 뜻을 세웠노라고 말만 하지 실제로는 성의껏 배우겠다는 마음이 전혀 없기 때문이다. 진실로 내가 학문에 뜻을 두었다면, 착한 일을 하는 것이 자신에게 달려 있는 것처럼 학문을 하고자 하면 배우기를 실천하면 된다.

그러니 어찌 학문을 남에게서 얻으려 하면서 훗날을 기다릴 필요가 있겠는가. 뜻을 세우는 것이 귀한 까닭은 공부에 착수해서는 혹시라도 미치지 못할까 염려하고 한 가지 생각이라도 여기서 물러서서는 안 되기 때문이다. 만일 뜻이 성실하지 못한 채 그럭저럭 시간만 보낸다면 늙어 죽을 때가 되어도 무슨 성취가 있겠는가.

해설

'학문'을 익히는 데에는 때가 있다. 배움은 그 누구에게나 필요한 지식과 체험의 축적과정이지만 단순히 정보를 확충하는 것으로 그치지 않는다. 특히 배움의 시작 단계에 어떤 공부를 할 것인가, 어떤 사람이 될 것인가를 놓고 '왜 공부하는가'라는 포괄적이나 단단한 마음가짐이 필요하다는 게 율곡 선생의 지론이다.

율곡 선생은 공부에 뜻을 세우는 게 먼저라고 말한다. 그 뜻은 성인이 되기를 기약함으로써 자신의 공부가 깊은 의미를 갖는다는 것이다. 그는 성인과 일반인의 바탕은 다르지 않다는 전제에서 시작한다. 그만큼 만인들의 기본 소양은 차이가 없다. 다만 배우고자 하면 어떻게 뜻을 세워 성실하게 뜻을 실행할 것인가를 놓고 고민하라는 것이다. 그만큼 배움의 첫단계가 중요하다.

율곡선생은 뜻을 두고 마음으로 힘써 실행에 옮기는 데 미적거리는 것은 그가 세운 뜻이 견고하지 않기 때문이라고 본다. 배움에도 때가 있다는 말은 맞기도 하지만 모든 것을 포괄하는 말은 아니다. 오늘의 시대는 태어나서부터 배움을 시작해야 하고, 죽을 때까지 공부해야 하는 시대이다. 배움에서 낙오하면 인간다운 삶을 누릴 수 없게 된다.

'정보 격차'는 '계층간, 지역간, 성별간, 국가간 지식과 정보에 대한 접근이 불평등한 현실'을 가리킨다. 이는 오늘과 같은 시대에 정보에 대한 접근과 이를 이용하는 능력의 격차가 인간의 지위 격차를 심화시킬 우려가 있다는 점에서 사회문제이자 국제적 이슈가 된다. 정보는 매일 엄청난 양으로 쏟아지고 있다. 배움은 단순히 정보에 접근하는 방식을 의미하는 게 아니라 가치 있는 정보를 찾아내고 새로운 가치를 가진 정보를 만들어낼 주체적인 능력을 갖추는 것을 의미한다. 그러기 위해서는 배움이 지식정보를 습득하는 것으로 그치지 않는다.

나는 어떤 사람이 될 것인가, 어떤 삶을 살아갈 것인가, 어떤 가치로 사회에 기여할 것인가? 이를 숙고하면서 자신만의 안목을 키우는 것이 필요하다.

우리는 어떻게 뜻을 세워 공부할 것인가, 어떤 삶을 살 것인가, 다시 한 번 자문해보자.

18

난세에 나라를 구한다는 것은

이순신

임진년

1월 12일 [양력 2월 24일] 〈계유〉 궂은비가 개이지 않았다.

식사한 뒤 객사 동헌에 나갔다. 본영과 각 포구의 진무(鎭撫)들에게 우등(優等)을 가리는 활쏘기 시험을 보았다.

1월 13일 [양력 2월 25일] 〈갑술〉 아침에 흐렸다.

동헌에 나가 공무를 봤다.

1월 14일 [양력 2월 26일] 〈을해〉 맑다.

동헌에 나가 공무를 보고 난 뒤 활을 쏘았다.

---

*출전 : 『난중일기』

1월 15일 [양력 2월 27일] 〈병자〉 흐렸으나 비는 오지 않았다.

새벽에 망궐례(望闕禮, 지방에 있는 관리들이 초하루, 보름이면 대궐을 행해 멀리 임금께 절하는 예)를 하였다.

1월 16일 [양력 2월 28일] 〈정축〉 맑다.

동헌에 나가 공무를 봤다. 각 고을의 벼슬아치와 색리(色吏, 감영이나 고을의 아전) 등이 인사하러 왔다. 방답의 병선을 맡은 군관들과 색리들이 그들 병선을 수리하지 않았으므로 곤장을 쳤다. 우후(虞候, 지방 병마사영이나 수영에 첨사 아래에 있는 무관)·가수(假守: 임시 직원)들도 역시 점검하지 않아 이 지경에까지 된 것이니 해괴하기 짝이 없었다. 공무를 가벼이 여겨, 제 몸만 살찌우려 들며 이처럼 돌보지 않았으니, 앞날의 일을 짐작할 만하다. 성 밑에 사는 토박이 병사 박몽세(朴夢世)는 석수인데 선생원 돌 뜨는 곳에 가서 해를 끼치고 이웃집 개에게까지 피해를 입혔으므로, 곤장 여든 대를 때렸다.

2월 초4일 [양력 3월 17일] 〈을미〉 맑다.

동헌에 나가 공무를 마친 뒤 북쪽 봉우리의 연대(煙臺, 신호대) 쌓는 곳에 올라보니, 축대 쌓은 자리가 매우 좋아 무너질 염려가 없었다. 이봉수(李鳳壽)가 부지런히 일했음을 짐작할 수 있었다. 종일토록 구경하다가 해질 무렵에야 내려와 해자(垓字) 구덩이를 돌아보았다.

2월 초5일 [양력 3월 18일] 〈병신〉 맑다.

동헌에 나가 공무를 마친 뒤 활 열여덟 순을 쏘았다.

2월 초6일 [양력 3월 19일] 〈정유〉 맑으나 하루 종일 바람이 세게 불었다.

동헌에 나가 공무를 봤다. 순찰사에게서 편지가 두 번이나 왔다.

2월 초7일 [양력 3월 20일] 〈무술〉 맑다가 바람이 세게 불었다.

동헌에 나가 공무를 봤다. 발포(鉢浦, 고흥군 도화면 내발리) 만호(萬戶, 직책명)가 부임했다는 공문이 왔다.

2월 20일 [양력 4월 2일] 〈신해〉 맑다.

아침에 모든 방비와 전선을 점검해 보니, 모두 새로 만들었고 무기도 웬만큼 완비돼 있었다. 늦게야 떠나서 영주(瀛州, 고흥)에 이르니 좌우편 산자락에 핀 꽃과 들녘에 피어난 봄풀이 한 폭의 그림 같았다. 옛날에 영주(瀛州, 삼신산에 산다는 상상의 장소)가 있었다더니 역시 이와 같은 경치였던가!

2월 25일 [양력 4월 7일] 〈병진〉 흐렸다.

여러 가지 전쟁 방비에 결함이 많았다. 군관과 색리들에게 벌을 주었고 첨사(僉使)를 잡아들이고 교수(敎授, 고을 수령 아래 있는 벼슬아치)를 내보냈다. 이곳의 방비가 다섯 포구 가운데 최하인데도 순찰사가 포상을 하라는 장계를 올렸기 때문에 죄상을 조사조차 하지 못했으니 기가 막혀 웃을 일이었다. 맞바람이 세게 불어 배가 떠날 수가 없어서 그대로 머물러 유숙했다.

3월 20일 [양력 5월 1일] 〈경진〉 비가 몹시 내렸다.

저녁 나절에야 동헌에 나가 공무를 보고 각 관방의 회계를 살폈다. 순천 관내를 수색 검토하는 일이 제 날짜에 미치지 못했기 때문에 대장(代將)과 색리와 도훈도(導訓導) 등을 문책했다. 사도첨사(蛇渡僉使, 金浣)에게도 만날 일로 공문을 보냈는데, 혼자서 수색했다고 했다. 또 한나절 동안에 내외 나로도(內外 羅老島, 고흥군 봉래면)와 대평두(大平斗)와 소평두 섬을 다 수색하고 그날로 돌아왔다고 하니, 이는 너무나도 엉터리 거짓말이다. 이를 바로 잡으려는 일로 흥양(興陽)과 사도첨사에게 공문을 보냈다. 몸이 몹시 불편하여 일찍(관사로) 들어왔다.

3월 21일 [양력 5월 2일] 〈신사〉 맑다.

몸이 불편하여 아침 내내 누워 앓다가 저녁 나절에야 동헌에 나가 공무를 봤다.

3월 22일 [양력 5월 3일] 〈임오〉 맑다.

성 북쪽 봉우리 아래에 도랑을 파내는 일로 우후(虞候)와 군관 열 명을 나누어 보냈다. 식사한 뒤에 동헌에 나가 공무를 봤다.

3월 23일 [양력 5월 4일] 〈계미〉 아침에 흐리고 저녁 나절에는 맑았다.

아침밥을 먹은 뒤 동헌에 나가 공무를 봤다. 보성(寶城)에서 올 널 판자가 아직 안 들여 왔기 때문에 색리에게 다시 공문을 보내 독촉했다. 순천에서 심부름꾼을 보내온 소국진(蘇國進)에게 곤장 여든 대를 쳤다. 순찰사가 편지를 보내었는데 살펴보니, "발포권관(鉢浦權管)은 군사를 거느릴 만한 재목이 못 되므로 갈아 치워야 하겠다"라고 하였기에, 아직 갈지 말고 그대로 유임하여 방비에 종사하게 해 달라고 답장을 써서 보냈다.

3월 27일 [양력 5월 8일] 〈정해〉 맑고 바람조차 없다.

일찍 아침밥을 먹은 뒤 배를 타고 소포(召浦, 여수시 종화동 종포)에 당도하여, 쇠사슬을 가로질러 건너 매는 것을 감독하면서 종일토록 나무기둥 세우는 것을 보았다. 겸하여 거북함에서 대포 쏘는 것도 시험했다.

3월 28일 [양력 5월 9일] 〈무자〉 맑다.

동헌에 나가 공무를 봤다. 활 열 순을 쏘았는데, 다섯 순은 모조리 명중했으나 두 순은 네 번 명중하고, 세 순은 세 번 명중하였다.

3월 29일 [양력 5월 10일] 〈기축〉 맑다.

나라의 제삿날(세조 정희왕후 윤씨 祭日)임에도 공무를 보았다. 고향 아산으로 문안 보냈던 나장이 돌아왔다. 어머니께서 편안하시다니 참으로 다행이다.

4월 초 1일 [양력 5월 11일] 〈경인〉 흐렸다.

새벽에 망궐례를 드렸다. 공무를 본 뒤 활 열다섯 순을 쏘았다. 별조방(別助防)을 점검했다.

4월 초 2일 [양력 5월 12일] 〈신묘〉 맑다.

식사를 하고 나서 몸이 몹시 불편하더니 점점 더 아파와서 종일토록, 또 밤새도록 신음했다.

4월 초 3일 [양력 5월 13일] 〈임진〉 맑다.

기운이 어지럽고 밤새도록 고통스러웠다.

4월 초 4일 [양력 5월 14일] 〈계사〉 맑다.

아침에야 비로소 겨우 통증이 가라앉았다.

4월 초 5일 [양력 5월 15일] 〈갑오〉 맑다가 저녁나절에 비가 조금 내렸다.

동헌에 나가 공무를 보았다.

4월 초 6일 [양력 5월 16일] 〈을미〉 맑다.

진해루(鎭海樓)로 나가 공무를 본 뒤에 군관들에게 활을 쏘도록 했다. 아우 여필(汝弼)을 배웅했다.

4월 초7일 [양력 5월 17일] 〈병신〉

나라의 제삿날(중종 문정왕후 윤씨 祭日)임에도 공무를 보았다. 낮 열 시경에 비변사(備邊司)에서 비밀 공문이 왔는데, 영남관찰사와 우병마사의 장계에 의한 공문이었다.

4월 15일 [양력 5월 25일] 〈갑진〉 맑다.

나라제삿날(성종 공혜왕후 한씨)임에도 공무를 보았다. 순찰사에게 보내는 답장과 별록을 써서 즉시 역졸(驛卒)을 시켜 달려 보냈다. 해질 무렵에 영남우수사 원균(元均)의 통첩에, "왜선 아흔여 척이 와서 부산 앞바다 절영도(絶影島, 영도)에 정박했다."고 했다. 이와 동시에 또 경상좌수사 박홍(朴泓)의 공문이 왔는데, "왜적 350여 척이 이미 부산포 건너편에 도착했다."고 했다. 그래서 즉시 장계를 올리고 나서, 순찰사와 병마사와 우수사(李億祺)에게도 공문을 보냈다. 영남 관찰사의 공문도 왔는데, 역시 같은 내용이었다.

4월 16일 [양력 5월 26일] 〈을사〉

밤 열 시쯤, 영남우수사 원균의 공문이 왔다. "부산진이 이미 함락되었다"고 했다. 분하고 원통함을 이길 길이 없었다. 즉시 장계를 올리고, 또 삼도(三道, 전라도 순찰사, 병사, 우수사를 함께 이르는 말)에 공문을 보냈다.

4월 17일 [양력 5월 27일]〈병오〉 흐리고 비오더니 저녁나절에 맑았다.

영남우병마사 김성일(金誠一)에게서 공문이 왔다. "왜적이 부산을 함락시킨 뒤 그대로 머물면서 물러가지 않는다"고 했다. 저녁 늦게 활 다섯 순을 쏘았다. 번을 그대로 서는 수군과 번을 새로 드는 수군이 잇달아 방비처로 왔다.

4월 18일 [양력 5월 28일]〈정미〉 아침에 흐렸다.

이른 아침, 동헌에 나가 공무를 봤다. 순찰사의 공문이 왔다. "발포권관은 이미 파직되었으니, 대리할 자를 정하여 보내라"고 하였다. 그래서 군관 나대용(羅大用)을 그 날로 바로 정하여 보냈다. 낮두 시쯤 영남우수사의 공문이 왔다. "동래도 함락되었고, 양산(趙英珪)·울산(李彦誠) 두 군수도 조방장(助防將)으로 성으로 들어갔다가 모두 패했다"고 한다. 참으로 원통하고 분하여 이루 말할 수가 없었다. 경상좌병마사(李珏)와 경상수사(朴泓) 들이 군사를 이끌고 동래 뒷쪽까지 이르렀다가 그만 즉시 회군했다고 하니 더욱 원통했다. 저녁에 순천의 군사를 거느리고 온 병방(兵房)이 석보창(石堡倉, 여천군 쌍봉면 봉계리 석창)에 머물러 있으면서도 군사들을 거느리고 오지 않았으므로 잡아 가두었다.

4월 19일 [양력 5월 29일]〈무신〉 맑다.

아침에 품방(品防)에 해자를 파고 쇠사슬 구멍을 뚫는 일로 군관을 정해 보내고, 나도 일찍 아침밥을 먹은 뒤 동문 위로 나가 품방의 역사(役事)를 몸소 독려했다. 오후에 상격대(上隔臺)를 둘러보았다. 이날 분부군(奔赴軍, 입대하러 온 군사) 칠백 명을 만나보고 역사하는 일을 점검했다.

4월 20일 [양력 5월 30일]〈기유〉 맑다.

동헌에 나가 공무를 보았다. 영남관찰사의 공문이 왔다. "많은 적들이 휘몰아 쳐들어오니 이를 막아낼 재간이 없고 승리한 기세를 타고 치달아가는 품이 마치 무인지경에 들어선 것과 같았다"라고 하면서 내게 "전선을 정비해가지고 와서 후원해 주기를 바란다고 조정에 장계하였다"고 하였다.

4월 21일 [양력 5월 31일]〈경술〉 맑다.

성 위에 군사를 줄지어 서도록 과녁터에 앉아서 명을 내렸다. 오후에 순천부사 권준(權俊)이 달려 와서 약속을 듣고 갔다.

4월 26일 [양력 6월 5일]〈을묘〉

〈장계에서〉 이 달 20일 성첩한 좌부승지의 서장(書狀)이 왔다. "물길을 따라 적선을 요격하여 적들로 하여금 뒤를 돌아보게 하는 것이 가장 좋은 방책이다. 그래서 경상도 순변사 이일(李鎰)이 내려갈 때, 이미 일러 보내었다. 다만 군사상 진퇴하는 것은 반드시 기회를 보아 시행하여야만 그르침이 없을 것이다. 따라서 마땅히 먼저 적선이 많고 적은지와 지나가는 섬 사이에 적병이 있는지 없는지를 살펴 본 뒤 나아감이 좋을 것이다. 그러나 이처럼 신중을 기하는 것이 매우 좋은 방책이지만, 만일 형세가 유리한데도 시행해야 할 것을 시행하지 않으면 기회를 크게 놓치게 될 것이다. 조정은 멀리서 지휘할 수 없으니 도내에 있는 주장의 판단에 맡길 따름이다. 본도는 이미 이 뜻을 알렸으니 경상도에는 공문을 보내어 서로 의논하고 기회를 보아 조치하도록 하라."라고 하였다. 그러나 나는 일개의 주장으로서 마음대로 처리하기 어려우므로 겸 관찰사 이광과 방어사 곽영, 병마절도사 최원 등에게도 분부한 사연을 낱낱이 알렸고, 한편 경상도 순변사 이일과 겸관찰사 김수·우수사 원균 등에게는 "그 도의 물길 사정과 두 도의 수군이 모처에 모이기로 약속하는 내용과 더불어 적선의 많고 적음과 현재 정박해 있는 곳과 그 밖의 대책에 응할 여러 가지 기밀을 모두 급히 회답해 달라."고 통고하고 각 관포에도 "전쟁 기구와 여러 가지 비품을 다시 철저히 정비하여 명령을 기다리라."고 공문을 돌렸다.

5월 1일[양력 6월 10일]〈경신〉

수군이 모두 본영 앞바다에 모였다. 이 날은 흐리되 비는 오지 않았고 마파람만 세게 불었다. 진해루(鎭海樓)에 앉아서 방답첨사 이순신(李純信), 흥양 현감 배흥립(裴興立), 녹도만호 정운(鄭運) 등을 불러들이니, 모두 분격하여 제 한 몸을 잊어버리는 모습이 실로 의사들이라 할 만하다.

5월 3일 [양력 6월 12일] 〈임술〉 가랑비가 아침내 내렸다.

경상우수사의 답장이 새벽에 왔다. 오후에 광양과 홍양의 현감을 불러 함께 이야기하던 중 모두가 분한 마음을 드러냈다. 전라우수사 이억기(李億祺)가 수군을 끌고 와서 같이 약속하였다. 방답의 판옥선이 첩입군(疊入軍)을 싣고 오는 것을 우수사 원균이 온다고 기뻐하였으나, 군관을 보내어 알아보니 그건 방답의 배였다. 실망스러웠다. 그러나 조금 뒤에 녹도 만호가 보자고 하기에 불러들여 물었다. 그의 말이, "우수사는 오지 않고 왜적은 점점 서울 가까이 다가가니 통분한 마음을 누를 길이 없거니와 만약 기회를 늦추다가는 후회해도 소용없다"라는 것이었다. 이 때문에 곧 중위장 이순신(李純信)을 불러 내일 새벽에 떠날 것을 약속하고 장계를 썼다. 이 날 여도(呂島, 고흥군 점암면 여호리) 수군 황옥천(黃玉千)이 왜적의 소리를 듣고 달아난 것을 자기 집에서 잡아 와서 목을 베어 군중 앞에 높이 매달았다.

6월 초 2일 [양력 7월 10일] 〈경인〉 맑다.

아침에 떠나 곧장 당포(唐浦, 통영군 산양면 미륵도 당포) 앞 선창에 이르니, 적선 스무여 척이 줄지어 머물러 있었다. 둘러싸고 서로 싸움을 시작했다. 적선 중에 큰 배 한 척은 우리나라 판옥선만 했다. 배 위에는 누각을 꾸며놓았는데 높이가 두 길은 됨직했다. 누각 위에는 왜장이 떡 버티고 우뚝 앉아 끄덕도 하지 않았다. 또 편전(片箭)과 대·중·승자 총통을 비를 퍼붓듯 마구 쏘아대니, 적장이 화살을 맞아 떨어졌다. 그러자 모든 왜적들이 한꺼번에 놀라 흩어졌다. 우리 편의 여러 장졸이 일제히 모여들어 쏘아대니 화살에 맞아 거꾸러지는 자가 얼마인지 헤아릴 수도 없었다. 모조리 섬멸하여 한 놈도 남겨두지 않았다. 얼마 뒤 왜놈의 큰 배 스무 여 척이 부산에서부터 깔려 들어오다가 우리 군사들을 보고서는 개도(介島, 통영시 산양면 추도; 싸리섬)로 도망쳐 숨어버렸다.

6월 초 5일 [양력 7월 13일]〈계사〉

아침에 출항하여 고성땅 당항포(唐項浦, 고성군 회화면 당항리)에 이르니, 왜놈의 배 한 척이 판옥선만큼 컸다. 배 위의 누각은 우뚝하고 그 위에 적장이 앉아 있었다. 그리고 중간 배 열두 척과 작은배 스무 척(모두 합쳐 서른두 척)을 거느렸다. 한꺼번에 무찔러 깨뜨리며 화살을 비오듯 쏘아붙이니, 화살 맞아 죽은 자가 셀 수 없을 만큼 많았다. 왜장의 목도 일곱 급이나 베었다. 나머지 왜놈들은 뭍으로 뛰어내려 즉시로 달아났지만 그 수는 얼마 되지 않았다. 우리 군사의 기세가 크게 떨쳤다.

6월 초 6일 [양력 7월 14일]〈갑오〉 맑다.

적선의 동정을 살피며, 거기서 그대로 잤다.

해설

　창의력이라는 말을 두고 많은 정의가 범람한다. 그러나 이 말의 본래 뜻은 모두가 불비한 조건 속에서 가장 최고의 성과를 내기 위한 사유와 실천적인 수행이 아닐까. 누구에게든지 완비된 조건이란 애초 없다. 문제는 조건의 부족함을 채우는 노력 여부다. 개인에게서 발휘되는 창의력의 첫 행보는 이렇듯 미처 채워지지 않은 조건을 채워 최고의 기량을 발휘하는 수준에 도달하기 위한 준비에서 시작된다고 해도 과언이 아니다.

　조선조 사회에 큰 시련이었던 임진왜란과 병자호란에서 가장 무공을 드높인 이는 이충무공이었다. 하지만 그는 조선 최고의 장수로 인정받지 못했다. 그러나 그는 변방이든 바닷가 해안에서든 장수로서 적을 대하고 전투와 전쟁을 대비하는 자기 본연의 임무에 충실했다. 자신과 병사에게 엄한 규율을 세웠고 거북선과 위력적인 화포를 개발했다. 전쟁을 예견하고 전투를 앞둔 그의 일기에서 보는 모든 것은 일상에서 얼마나 사적 내면과 공적 존재를 자각하고 있었는가를 잘 보여준다. 그는 전란이 예견되는 현실에서 적과의 승리를 위해 무엇을 방비하고 어떻게 군사를 조련해야 할 것인가에 골몰했다. 그것이 전대미문의 승리를 가져온 원천이었다.

『난중일기』에서 접하는 충무공 이순신의 면모는 여느 인간과 다를 바 없다. 그는 자주 아팠고 어머니께 효심을 다하는 아들이었다. 하지만 전쟁을 앞두고 그가 공무에 임하는 모습은 놀랍도록 치밀하고 엄격했다. 도망친 병사를 목을 베어 징계했고, 군선과 무기를 정비하며 대포의 시험발사를 시행했다. 이런 면면은 전쟁을 어떻게 이길 것인가에 대한 잘 알려져 있지 않은 대목이다.

이순신 장군은 예견되는 전쟁에 대한 방비를 차근차근 진행해 나갔을 뿐만 아니라 언제 움직여야 할 것인가를 알고 있었다. 왜군이 부산성을 침공하자 그는 장졸들과 함께 전의를 다지며 방비에 나섰다. 조정에서는 어서 빨리 몰리는 지상의 전투에서 함께 싸우라는 독촉이 계속되었으나 군선을 움직이지 않았다.

드디어 음력 6월 초이틀, 통영 앞바다에서 첫 전투가 벌어진다. 이 전투에서 이순신의 해군은 압도적인 화력으로 적을 궤멸시켜 버린다. 이후 그의 군선이 출현하면 왜선들은 도망하는 모습을 보인다. 임진란 내내 해전에서 21번을 싸워 21번을 전승하는 대기록을 세운 것이 결코 개인의 능력에 국한되지 않는다는 것을 일러준다. 유비무환의 정신은 실천으로 이어졌다. 또한 그의 유사시를 대비한 방비는 단순히 수군의 전력향상을 넘어 전쟁을 대비한 끝없는 점검과 대비, 훈련이었음을 암시한다.

'훈련이 곧 전투'라는 사실을 한 번도 놓치지 않았다는 것이 『난

중일기』를 관류하는 일관됨이다. 흐트러진 군율을 세우기 위해 도망간 수군의 목을 베어 효수함으로써 만인에게 경고한 모습에서 이런 점이 잘 확인되고도 남는다. 적선과 맞서 싸우며 개발한 포를 쏘며 첫 승리를 거두는 장면은 통쾌하기만 하다.

19

전쟁의 비극을 되풀이하지 않으려면

유성룡

‘징비록(懲毖錄)’이란 무엇인가. 임진란이 일어난 뒤의 일들을 기록한 글이다. 여기에 간혹 난(亂) 이전의 일까지도 섞여 있는 까닭은 난의 발단을 밝히기 위함이다.

생각해보면 임진란의 재앙이야말로 참담하기 그지없는 일이었다.

십여 일 동안에 서울과 개성, 평양 세 도읍이 적의 손에 함락되었고, 온 나라가 모두 무너졌다. 이로 인하여 임금은 마침내 멀리 피난길[파천(播遷)]에 올랐다.

그런 난리를 겪고도 오늘이 있다는 것은 참으로 하늘이 도운 게 아니라고 누가 말하겠는가.

돌이켜 생각하면 이 또한 조종(祖宗)의 어진 은덕이 넓게 우리 백성들에게 베풀어진 것이기도 하다.

＊출전 : 「자서」-『징비록』

백성들이 나라를 생각하는 마음은 멈추지 않았고, 또 임금이 큰 나라를 받드는 마음은 명나라 황제를 감동시켰다.

이래서 중국은 몇 번이나 이 나라를 구해줄 군사를 내보냈던 것이니, 만일 그렇지 않았더라면 필경 나라의 존망이 위태로웠을 것이다.

『시경(詩經)』에 이런 말이 있다.

'지난날의 잘못을 징계[懲]함으로써 훗날의 근심이 있을까 삼간다[毖]'

이것이 바로 내가 이 〈징비록〉을 집필한 이유이다.

나처럼 못난 사람이 그 어지러운 때를 맞아 감히 나라의 막중한 책임을 맡아서는, 당시 나라의 위태로움을 바로잡지도 못했고, 또 기울어지는 형세를 손아귀에 움켜잡지도 못했다. 생각할수록 그 죄는 이 몸이 죽어서도 다 갚지 못할 것이다.

그러나 이제 오히려 산중에서 목숨을 붙여 성명(性命)을 보존하고 있으니, 이 어찌 임금의 너그러운 은덕이 아니겠는가!

걱정스럽던 사태가 겨우 가라앉았으니 이제서야 지난 일을 생각해 보니 새삼스레 황송하고 부끄럽기가 낯을 들 수가 없는 정도이다.

이에 한가해진 틈을 맞아, 지난날 내 귀로 듣고 내 눈으로 본 것들 중에서 임진년으로부터 무술년에 이르기까지의 몇 가지 일을 기록한다. 또 장계(狀啓, 왕명을 받고 지방에 파견나간 신하가 자기 관하(管下)의 중요한 일을 왕에게 보고하던 일이나 문서)와 상소(上疏)와 차자(箚子, 일정한 격식을 차리지 않고 사실만을 간략히 적은 상소문)와 의견, 잡록(雜錄)을 그 밑에 덧붙였다. 비록 이들 내용이 보잘것없다고 하더라도 모두 당시의 사적(事蹟)들임에 틀림없으니 이 또한 가볍게 여겨서는 안될 것들이다.

이제 벼슬에서 물러나 전야(田野)에 숨어서 나라와 임금에 충성하는 마음으로, 내가 과거 나라에 보답하지 못했던 한없는 죄를 기록하는 바이다.

『징비록(懲毖錄)』의 저자 유성룡(柳成龍, 1542~1607)은 경상도 풍산 (豊山) 출신이다. 그는 퇴계(退溪) 이황의 제자로서 일찍 관직에 올라, 임진란(王辰亂) 때에는 영의정으로 중책을 맡았다. 임진란 중에 주요 정책들은 그를 통해 시행되었다.

『징비록』은 그의 자서(自序)에도 잘 드러나 있듯이, 난리의 발단부터 경과를 통해 전쟁이라는 재난을 방비하지 못한 자책감을 잘 보여준다. 그 자책감은 당대의 국가적 재난에 대한 잘잘못을 후세에 남겨 교훈으로 삼는 뜻으로 키우는 원동력이 된다.

십여 일만에 나라가 왜군에 유린당하기까지 국가의 경영에서부터 국내외 정세를 탐지하며 국력을 키우는 데 소홀했던 지난날의 반성과 계고는 그 중요성을 아무리 강조해도 지나치지 않는다. 「자서」를 읽어보면 임진란을 이겨낸 것은 선조와 명나라의 원조가 아니라 백성의 힘이었음을 부각시킨 점도 매우 흥미롭다.

"지나간 잘못을 징계[懲]하고 뒷날의 근심이 있을까 삼간다[毖]" 라는 『시경』의 구절은 모든 수단을 강구한 총력전, 전쟁은 정치의 수단이라는 차원을 넘어 거듭되어서는 안될 실패에 대한 준엄한 경고이기도 하다.

　조선조 사회는 전쟁의 재발 방지를 위한 사회의 전면개혁을 이루지 못했고, 이로 인해 400년을 채 넘기지 못한 채 외세에 휘둘리다 식민지의 참화를 맞는다. 위기 때마다 사회개혁을 외치는 목소리는 있었다. 문제는 그 개혁의 필요성과 과제가 사회전반에 파급되지 못했는가이다. 그것은 깨어 있는 지도자의 존재 여부가 아니라 사회 성원들이 주체가 된 사회개혁의 시행 여부가 사회 발전의 판가름을 낸다는 것도 절감한다.

　그런 측면에서 『징비록』은 당파를 넘어서 역사에서 얻어야 할 교훈을 거울삼아 어떻게 사회개혁을 이룰 것인가라는 문제의식을 담고 있는 책이다. 또한 이 책은 전쟁이라는 난국을 방비하려면 지도자에 국한되지 않고 그 사회 개개인이 함께 사회개혁의 문제의식을 공유하며 치열하게 고민해야 할 사례임을 여실히 보여준다.

20

우리 무예의 새로운 전통 만들기

  우리나라 군대 훈련 제도는 삼군(三軍, 좌익, 중군, 우익을 총칭한 말)은 교외에서 훈련을 받고, 위사(衛士)는 금원(禁苑)에서 훈련을 받도록 하고 있다. 금원에서 군대 훈련은 광묘(光廟) 때부터 성행했다. 그러나 훈련이라는 게 활 쏘는 것 한 가지뿐이고, 창이나 칼을 다루는 방법 같은 것은 없었다.

  선묘(宣廟)께서는 왜구를 평정하고 난 뒤 척계광(戚繼光)이 쓴 《기효신서》를 구매하고 훈련도감의 낭관 한교(韓嶠)를 보내 우리나라에 온 중국 장사(將士)들을 두루 찾아다니면서 곤봉(棍棒) 등 여섯 가지 기예 다루는 방법을 알아 오게 하여 그것을 《도보(圖譜)》로 만드셨다.

  그후 효종께서 그 일을 이어받아 자주 내열(內閱)을 하시며 무슨 수(手) 무슨 기(技)는 그 훈련을 더욱 강화하라고 하여, 그것을 계기

---

* 출전 : 「서문」-「무예도보통지」

로 치고 베는 법이 다소 발전을 보았다. 그러나 기껏 6기(技)뿐 항목이 더해진 것은 없었다.

급기야 선왕조 기사년에 와서 소조(小朝)께서 모든 일을 대신 처리하시면서 죽장창 등 12기를 더 보태 《도보》를 만들고, 전자의 6기와 함께 통틀어서 훈련을 하도록 하였다. 이는 《현륭원지(顯隆園志)》에 나와 있고, 십팔기(十八技)라는 이름도 그때 처음 생긴 것이다.

내가 그 의식(儀式) 전형(典型)을 이어받고는 거기에다 또 기예(騎藝) 등 6기를 더 보태 24기로 만든 다음, 고증에 밝은 자를 두서너 명 골라 《원도보(原圖譜)》와 《속도보(續圖譜)》를 한데 묶고 책의 범례도 다시 바로잡고, 그 원류(源流)에도 해석을 붙이고, 제도(制度)도 다시 논의하여 정해서 한번 책을 폈다 하면 무예에 관한 모든 물건들 및 그것을 이용하는 기예와 묘술들을 한꺼번에 알 수 있게 꾸미고 책의 제목을 《무예도보통지(武藝圖譜通志)》라고 하였다.

이 책에는 가격하고 베는 법이 더 증보되고 더욱 상세히 설명되어 있을 뿐만 아니라, 금원에서의 훈련 방편으로는 참다운 깨달음이 되고 있어 교외 훈련의 지침이 되는 《오위진병장도설(五衛陣兵將圖說)》과 함께 서로 날줄과 씨줄이 될 만큼 둘 다 아름다운 특색을 지니고 있으니 그 얼마나 좋은 일인가.

그러나 행진(行陣)이 먼저이고 기예(技藝)는 뒤따르는 것이 병가(兵家)에서 보편적으로 하는 말이라고 나도 알고 있는데, 그런데도 병가에서는 오교(五敎)에 있어 기예 훈련이 두 번째이고 행진(行陣) 훈련이 세 번째인 것은 왜인가?

해와 달과 별들의 운행을 잘 알고 모양과 작동과 변수에도 능란하여 가만히 있을 때는 돌담 같고, 움직였다 하면 비바람 같은 것이 행진으로서는 잘하는 것이다. 그러나 안과 밖을 직접 공격하는 도구로서는 무엇보다도 우선 손과 발 그리고 기계(器械)가 필수적이며, 무적(無敵)의 행진도 결국은 격자를 잘하느냐 못하느냐에 달려 있다면 그 시차를 정하는 데 있어서도 당연히 그래야 할 것 아닌가.

앞으로 이 책이 나온 것을 계기로 하여 중위(中尉) 재관(材官)이 날이 갈수록 용호(龍虎)의 진법에 익숙해지고, 용맹한 군대의 군사들이 저마다 강한 활을 잘 당길 수 있어 국가에서 계속적으로 인재 양성을 하려고 하는 근본 취지를 저버리지 않는다면 앞으로 억만년을 두고 닦아 가야 할 군사 교육과 분명하게 일러 준 내 뜻이 잘 반영될 수 있는 길이 바로 여기에 있을 것으로 본다.

모두 노력할지어다.

해설

　1790년(정조14)에 왕명에 따라 편찬된 『무예도보통지』는 규장각의 검서관이었던 이덕무와 박제가가 주도해서 만든 것으로 알려져 있다. 당대까지 전승돼 온 18기의 무예에다 마상쌍검, 마상월도 등을 포함해서 24기의 무예를 수록하고 있는데, 많은 무예관련서적과 동양 삼국의 무예가 총망라되었을 뿐만 아니라 새로 정립된 전통무예서라고 할 만하다.

　18세기 후반 조선의 무예를 총정리한 것으로 평가되는 이 책은, 기존의 창술과 검술 위주로 보병의 무예를 체계화하는 것을 넘어 마상무예로 창, 쌍검, 월도, 편곤 등을 통해 실전무예를 체계화하고 마상재와 격구를 포함시켜 기마술의 중요성을 부각시킨 것으로 알려져 있다. 여기에다 조선의 전통 권법까지 체계화하여 상호 대련을 통해 최고수준의 무예체계를 익힐 수 있게 만들었다.

　이 글에서 '무예'라는 말은 오늘날 '스포츠체육'이라는 말로 바꾸어도 그리 틀리지 않는다. 스포츠체육의 전통은 우리가 쌓아온 토대 위에다 새로운 안목과 기술을 접합시킴으로써 끝없이 세계 최고

수준의 경기력을 향상, 유지하는 데서 만들어진다. 그러니만큼 통념에서 자유로워야 하고 기술발전의 새로운 가능성을 찾는 데 게을리해서는 안된다.

21

병법으로 설명한 글짓기 원리

박지원

    글을 잘 짓는 자는 아마도 병법을 잘 알 것이다. 비유하면 글자는 군사이고, 글의 뜻은 장수이다. 제목은 적국이고, 고사(故事)의 인용이란 전투를 벌일 장소에다 진지를 구축하는 것이다. 글자를 묶어 구(句)를 만들고 구를 모아 장(章)을 이루는 것은 군사가 대오를 이루어 행군하는 것과 같다. 운(韻)에 맞추어 읊고 멋진 표현으로 글을 빛나게 만드는 것은 징과 북을 울리고 깃발을 휘날리는 것과 같다. 앞뒤 문맥의 조응(照應)은 봉화이고, 비유란 날래게 기습 공격하는 기병(騎兵)이며, 억양 반복(抑揚反覆)은 적과 맞붙어 싸우며 서로 죽이는 것과 같다. 파제(破題)[01] 한 다음 글을 마무리하는 것은 먼저 성벽에 올라가 적을 사로잡는 것과 같다. 함축을 귀히 여기는 것은 늙은 적병을 사로잡지 않는 것이며, 여운을 남기는 것은 군대를 정

---

* 출전 : 「소단적치인(騷壇赤幟引)」 – 『연암집』
01 과거를 볼 때 시의 첫머리에 제목의 뜻을 밝히던 일.

돈한 다음 개선하는 것과 같다.

무릇 장평(長平)의 병졸은 그 용맹함이 옛적과 다르지 않았고 활과 창의 예리함이 전날과 변함이 없었다. 하지만, 염파(廉頗)가 거느리면 승리할 수 있었고 조괄(趙括)이 거느리면 자멸하기에 충분했다. 그러므로 용병을 잘하는 자에게는 버릴 병졸이 없고, 글을 잘 짓는 자에게는 따로 가려 쓸 글자가 없다. 진실로 좋은 장수를 만나면 호미자루나 창자루를 들어도 굳세고 사나운 병졸이 되고, 헝겊을 찢어 장대 끝에 매달더라도 사뭇 정채(精彩)를 띤 깃발이 된다. 만약 이치에 맞다면, 집에서 늘 쓰는 말도 능히 학교에서 가르칠 수 있고 동요나 속담도 《이아(爾雅)》[02] 에 속할 수 있다. 그러므로 글이 능숙하지 못한 것은 글자 탓이 결코 아니다.

일반적으로 자구(字句)가 우아한지 속된지를 품평하기나 하고 편장(篇章)의 우열이나 논하는 자들은 모두 변통하는 임기응변과 승리하는 임시방편을 알지 못하는 자들이다. 비유하자면 용맹스럽지 못한 장수는 마음에 미리 정해 놓은 계책이 없는 것과 같다. 그래서 갑자기 어떤 제목에 부딪치면 우뚝하기가 마치 견고한 성을 마주한 것과 같고, 눈앞의 붓과 먹이 산 위의 초목을 보고 먼저 기가 질려 가슴속에 기억하고 외우던 것이 벌써 모래에 그린 원숭이와 학처럼 쉽게 사라져 버린다.

---

02 중국에서 가장 오래된 자서(字書). 《시경》과 《서경》에서 글자를 선별해서 용법과 항목별로 나누어 글자의 뜻을 전국 시대와 진한대(秦漢代)의 말로 풀이한 책.

03 붓을 종이에 대고 씀. 시나 글을 짓는 일.

그러므로 글 짓는 자는 그 걱정이 언제나 스스로 갈 길을 잃고 요령을 얻지 못하는 데 있는 것이다. 무릇 갈 길이 밝지 못하면 한 글자도 하필(下筆)[03]하기가 어려워져서 항상 느리고 껄끄러움을 고민하게 되고, 요령을 얻지 못하면 두루 얽어매기를 아무리 튼튼히 해도 오히려 허술함을 걱정하게 된다.

　(중략)

　세상에서 이른바 '글의 논제를 고려하여 거기에 꼭 들어맞게 지은 글'이란 것으로 과거(科擧)를 위한 글을 짓게 되면, 동전을 주조하는 데 납이 섞이고 철이 섞여서 겉으로는 잘 다듬어진 것 같지만, 속을 들여다보면 실상 경박하고 부실한 것과 같은 이치이다. 참으로 충분히 고려하고 충분히 꼭 들어맞도록 해서 한 글자라도 겉도는 말이나 두서없는 말이 없게 할 수 있다면, 이것이야말로 만족스러운 고문(古文) 중에서도 상품(上品)일 것이다.

　(이하 생략)

글짓기의 원리를 병법에 비유한 글이다. 연암 박지원은 글의 원리를 군대에 비유해서 인상적으로 언급하고 있다. 군대는 엄격한 규율과 치열한 전투, 승리를 지향하는 집단이다. 그만큼 일사불란하게 움직이지 않으면 안된다. 글도 그러한 군율의 위엄과 일사불란함을 지향해야 한다는 것이 글의 요지다. 연암 선생은 글자와 뜻, 제목과 고사 인용, 구와 장, 운율과 잘 짜여진 문맥, 함축과 여운의 의의를 군대에 비유해서 묘사한다.

하지만 글을 짓는 데 중요한 것은 주제를 장악하는 힘과 글 짓는 자의 생각이다. 박지원은 글의 행로와 요령이 주제를 장악하는 글 쓰는 이의 생각이 중요하다고 보았다. 무엇을 쓸 것인지, 어떻게 쓸 것인지를 충분히 구상하는 것, 그래서 자신이 드러내고자 하는 뜻을 적절하게 만들어 한 글자도 겉돌지 않게 만든 글이 좋은 글이라고 보았다.

22

세상만사 마음먹기 나름
박지원

　진사(進士) 장중거(張仲擧)는 걸출한 사람이다. 키가 8척을 넘고 기상이 높고 커서 자잘한 예절에 얽매이지 않는데다가, 술을 즐기는 천성 때문에 스스로 호기를 부리며 술김에 실언하는 경우가 많았다. 이 때문에 동리 사람들은 귀찮게 여겨 그를 미치광이로 지목하고, 친구 사이에 비방이 넘쳐나서 그를 법으로 얽으려는 사람까지도 있었다.

　장중거도 스스로 후회가 되어서, "내가 아무래도 세상에 용납받지 못하겠구나." 라고 하고는 비방과 해를 피할 방법을 생각했다. 그는 방 한 칸을 치우고 들어앉아 문을 닫아걸고 발을 치고 살면서, 그 집에다 큼지막하게 '이존(以存)'이라는 현액을 걸었다. 『주역(周易)』계사전 하(繫辭傳下)에, "용과 뱀은 웅크리고 들어앉아서 제 몸을 보존한다." 라고 했는데, 집의 이름은 아마도 여기서 취한 것일

* 출전 : 「이존당기(以存堂記)」-『연암집』

터였다.

그는 이제까지 함께 어울렸던 술친구들을 하루아침에 사절하면서, "자네들은 이제 내게서 떠나게. 나도 내 몸을 보존하려네." 라고 말했다.

내가 그 말을 듣고서 한바탕 크게 웃으며 말했다. "중거 자네가 육신을 보존하는 방법이 고작 이 정도로 그친다면 해를 면하기 어려울 걸세. 증자(曾子)처럼 독실하고 경건한 분도 평생 동안을 마음에 두고 읊은 게 어떤 것이었나. 언제나 아침저녁으로 보전치 못할 듯이 조심해가며 살고 나서, 죽는 날에 이르러서야 손발을 내보이며 비로소 몸을 온전하게 보존하여 죽게 됨을 스스로 다행이라고 여길 수 있었다네. 그러니 보통 사람이야 더 말할 나위가 있겠나?" 라고 말했다.

"한 집안을 미루어 짐작해서 한 마을이나 고을을 알 수 있고, 한 마을이나 고을을 미루어 짐작해서 온 세상을 알 수 있는 거라네. 세상은 저리도 드넓지만 보통 사람의 수준에서 처신한다면 거의 발 디딜 틈도 없을 정도일 걸세. 하루하루 살아가는 동안, 보고 듣고 말하고 행동하는 것을 스스로 검토해 보면 요행으로 살고 요행으로 해를 면한다고밖에는 달리 말할 수가 없네. 이제 중거 자네가 외물(外物)이 자신을 해칠 것이라 두려워해서, 밀실에 웅크리고 들어앉아 스스로를 보존하려 하네만은, 정작 스스로를 해치는 것이 바로 자네 자신에게 있음을 알지 못하는 걸세. 이렇게 자네가 발자취를 없애고 그림자를 가두어 스스로 죄수처럼 지낸다 해도, 남들에게는

146

의혹을 자아내거나 뭇사람들에게서 노여움이나 모으기나 할 뿐일세. 그러니 몸을 보존하는 방법으로는 서툰 게 아니겠나?"라고 내가 말했다.

"아, 옛사람들 중에도 남이 시기하고 헐뜯는 것을 두려워한 이가 얼마나 많았는가. 대개는 전야(田野)에 숨어 살거나, 동굴[암혈(巖穴)]에 숨어 살았고, 고기잡이를 하며 숨어 살았으며, 백정 일을 하며 숨어 살았다네. 숨어 사는 데에 교묘한 사람들은 흔히 술에 몸을 감추어 살기도 했네. 이를테면 진(晉) 나라의 시인이었던 저 유백륜(劉伯倫)과 같은 이는 숨어 사는 데에 교묘했다고 할 만하네. 그런데 그는 쓰러져 죽고 나면 그 자리에 바로 묻으라고 하인에게 삽을 메고 따라다니게 했다네. 이건 자신을 보존하는 데 졸렬하다고 할 만하네. 어째 그런가? 저 들판과 바위굴과 고기잡이와 백정일로 숨어 산 것은 모두 외물(外物)에 의탁해서 몸을 감춘 경우지. 하지만 술에 몸을 감추는 건 고주망태가 돼서 스스로 제 성명(性命)을 혼미(昏迷)하게 만들어 제 몸을 망가뜨리면서도 알지 못하고, 개천이나 구렁텅이에 굴러 떨어져도 아랑곳하지 않는다는 게야. 그러니 죽은 뒤 그 송장을 까마귀나 솔개가 파먹든 땅강아지나 개미가 파먹든 대체 무슨 상관이 있겠는가. 이런 까닭에 유백륜이 술을 마신 것은 자기 몸을 보존하려는 것이었지만 하인에게 삽을 메고 따라다니게 만든 것은 그만 누(累)가 되고 만 거지."라고 말했다.

덧붙여 내가 말했다. "지금 중거 자네의 허물은 술에 있는데도 오히려 그 몸을 잊어버리지 못했네. 보존할 방도라고 생각해 낸 것이

겨우 빈객을 사절하고 깊숙이 들어앉는 게지. 또 방 구석 깊숙이 들어앉은 것으로도 자신을 보존하기에 부족해서 되잖게시리 사랑채 이름을 '이존'이라 지어 현판을 내걸었으니, 이는 유백륜이 (하인에게) 삽을 메고 따라다니게 한 것과 대체 뭐가 다른가."

내 말을 듣고 난 중거가 부끄러운 기색을 짓고는 조금 있다가 말했다.

"자네 말과 같다면 내 이 여덟 자 몸을 끌어다 어디에 들여놓아야 한단 말인가?"

나는 다시 그에게 말했다.

"나는 자네의 몸을 자네 귓구멍이나 눈구멍에도 쑤셔넣을 수 있네. 천지가 아무리 크고 세상이 아무리 넓다 해도, 자네 귓구멍이나 눈구멍보다 더 넓을 수는 없네. 거기에다 자네 몸을 숨겨 보겠는가? 사람과 사물이 접촉하고 사물과 이치가 만나는 데도 이치가 있다네. 그걸 가리켜 예(禮)라고 하지. 자네가 능히 자네의 몸과 맞서서 이기기를 대적(大敵)을 꺾듯이 하되, 이를 예(禮)에 맞도록 하고, 예를 기준으로 삼아 그 범주(範疇)에 드는 게 아니라서 귀 담아 두지 않는다면 몸을 감추기가 넓고 넓어 여유가 있을 걸세. 눈도 몸에 있어서 마찬가지로 그 범주에 드는 게 아니어서 눈과 마주치지 않는다면 육신이 남의 눈흘김에 걸리지 않을 걸세. 입도 마찬가지로 그 범주에 드는 것이 아니라서 입에 올리지 않는다면 육신이 남의 입방아에 오르지 않을 걸세. 마음은 귀나 눈보다 더한 점이 있으니, 그 범주에 드는 것이 아니어서 마음을 움직이지 않는다면 내 몸의 온전한 본체[체(體)]와 큰 쓰임새[용(用)]가 진실로 마음을 떠나지 않아서 어딜 가든지 몸을 보존치 못할 곳이 없을 걸세."

그러자 중거가 엄지를 치켜들고서 내게 말했다.

"이건 자네가 나로 하여금 내 몸 안에다 몸을 감추어서, 몸을 보존치 않음으로써 몸을 보존케 하려는 것일세그려. 그러니 어찌 벽에 써 붙여 놓고 반성하지 않을 수 있겠는가?"

이 글은 세상만사가 마음먹기에 달린 것임을 일러준다.

'장중거'라는 거구의 호방한 선비는 술 때문에 많은 이들에게 폐를 끼치고 급기야 위기를 맞는다. 그는 자신의 거처를 '이존당'이라 이름붙이고 바깥세상과 절연하고 은둔의 길을 택한다. 연암은 그를 찾아가 질책한다. 은둔이라는 실행에 의미가 있는 게 아니며 어떻게 살 것인가 하는 마음가짐에 따라 달라진다는 것이다. 이치에 걸맞게 살고 예를 지키면 어딜 가나 자신을 보존하기에 넉넉하다는 것이다.

그러니 박지원이 장중거를 질책하는 마음의 문제는 결국 자기 자신, 곧 다른 이들의 시선을 두려워하고 회피하는 것이 능사가 아님을 보여준다. 삶은 자신이 정한 기준이 다른 이들에게는 상식이라는 기준을 충족시켜주며, 이것이 나와 타인과의 믿을 만한 관계를 만들어낸다. 장중거의 경우 술이 문제였지, 그 자신의 마음이 문제는 아니었던 셈이다.

'삼인행'(三人行)이란 말이 있다. 세 사람이 길 가는 중에도 스승으

로 삼을 만한 이가 있다는 뜻이다. 문제의 소지를 정확히 알고 판단
해서 실행하기가 쉽지는 않다. 대부분 자책한 나머지 어디든 숨으
려 마음먹지만 그건 올바른 해결책이 아니다. 이럴 때 연암 박지원
선생처럼, 문제의 본질을 꿰뚫고 자신의 마음을 시원하게 들어주고
쓴소리를 마다 않을 스승같은 친구가 필요하다.

　나의 품격을 높여줄 친구를 사귀고, 내가 모범으로 삼을 사람의
글을 찾아 읽자.

23

교육의 근본을 다시 생각한다
정약용

부모를 잘 받드는 것을 효(孝)라 하고, 형제끼리 우애하는 것을 제
(悌)라 하고, 자기 자식 가르치는 것을 자(慈)라 한다. 이것이 이른바
다섯 가지 가르침[五敎]의 기준에 해당한다.

아버지 섬기기를 바탕으로 삼아 높은 이를 존경함으로써 임금의
도가 바로 서고, 아버지 섬기기를 바탕으로 삼아 어진 이를 어질게
여김으로써 스승의 도가 바로 선다. 이것이 바로 '임금과 스승과
부모, 이렇게 세 분 때문에 살아가게 된 것이므로 똑같이 섬겨야 하
는'이유이다.

따라서 형을 받드는 일을 바탕으로 삼아서 '존대해야 할 나이 많
은 어른'[존장(尊長)]을 섬겨야 하고, 자식 기르는 일을 바탕으로 삼
아서 뭇사람을 자애롭게 부려야 한다. 부부(夫婦)란 함께 덕(德)을 닦
음으로써 집안을 다스리는 사이고, 친구란 함께 도(道)를 강론하고

＊출전 : 「원교(原敎)」-『다산시문집』

연마함으로써 밖으로 결함이 없도록 서로 돕는 사이다.

그런데 자식 사랑만은 그리 애쓰지 않아도 누구나 할 수 있는 일이므로, 성인(聖人)들은 어려서 공부를 시작할 때 유독 효와 제(悌, 공경)를 강조한 까닭이다.

맹자(孟子)가 말하기를, "인(仁)의 실상(實相)이란 어버이 섬기는 바로 그 일이고, 의(義)의 실상이란 형을 따르는 바로 그 일이다. 예(禮)의 실상은 인의(仁義) 두 가지에 대한 규범이고, 악(樂)의 실상은 바로 그 인의 두 가지를 즐기는 것이다. 지(智)의 실상은 인의의 가치를 깨달아 거기에서 떠나지 않는 바로 그것"이라 하였다.

이렇게 보면 『대학(大學)』에서 '명덕을 밝힌다[明明德]'라고 한 것은 인(仁)과 의(義) 두 가지를 밝힌다는 것이고, 『중용(中庸)』에서 '성(誠)으로 말미암아 밝아진다[自誠明]'라고 한 것은 인(仁)과 의(義) 두 가지에 성실하다는 것이다. 충(忠)이라는 말은 자기에게 거짓 없고 인의(仁義) 두 가지를 이루고자 힘쓴다는 뜻이고, 서(恕)라는 말은 인의 두 가지를 이루어 상대[物]에게까지 미친다는 뜻이다.

격물(格物, 사물에 대하여 깊이 연구함)과 치지(致知, 지식을 넓히는 것)란 인의를 최고도로 연구하여 무엇을 먼저하고 무엇을 나중에 해야 할 것인지를 안다는 것이다. 궁리(窮理, 이치를 깊이 탐구함)와 진성(盡性, 본성대로 정성을 다함) 역시 인의 두 가지를 최고도로 연구함으로써 나의 본분을 다한다는 말이다. 인의 두 가지가 마음에서 순수하게 하나가 되었을 때 그것을 '정심(正心, 바른 마음)'이라 하고, 인의 두 가지가 몸에서 순수하게 하나가 되었을 때 그것을 수신(修身, 몸을 수양

함)이라고 한다. 또한 그 두 가지를 소명(昭明, 하늘의 뜻을 밝히 드러내는 것)하여 본성과 하늘이 명한 바대로 실행하는 것을 '하늘을 섬긴다.'고 말한다.

"하늘의 명(命)한 것을 성(性)이라 하고, 본성대로 따르는 것을 도(道)라고 하고, 도를 닦는 것을 교(敎)라고 한다."하였는데, 여기서 말한 교(敎)란 이 다섯 가지의 가르침을 가리킨다.

해설

　오늘의 현실에서 교육은 무엇인가. 교육이 인간의 창의성을 계발하고 전문성을 함양하는 것으로 규정하는 것이 과연 옳은가. 100년 전 다산 정약용도 교육의 가치를 근본에서부터 사유했다.

　다산 정약용은 교육의 핵심 근간을 효제 개념에서 출발하여 인의예악지로 확장했다. 그는 교육의 출발점을 부모에 대한 공경[효(孝)]과 형제 사이 존중[제(悌)], 자식 사랑[자(慈)]에서 찾는다. 이는 유교 사회의 가장 상식적인 통념에 기반을 두고 있다. '부모와 형제'가 살아가는 가정을 교육의 출발점을 삼아 부모에게 하듯 임금과 스승을 대하고, 형에게 하듯 윗사람을 대하며, 함께 덕을 닦아가는 부부, 도를 깨달아가는 친구의 관계로 나아가는 것은 인간다움의 성숙한 진전이 교육임을 보여준다. 부모에 대한 덕목을 임금과 스승, 나라에 대한 덕목으로 다시 연계시켜 확장되고, 형제 간의 존중이 윗사람과 선배, 친구와 부부 등 사회적 관계의 덕목으로 확장되기 때문이다. 이처럼 교육의 가치와 이념을 사람과의 관계에 둔다는 것은 부모와 형제라는 지점에서 출발하여 임금과 스승, 윗사람과 친구와 부부, 자식에서 모든 이들로 연계되는 인간 관계의 확장에 둔다는 것은 교육의 이상이 지식과 정보가 아니라 인간 관계의 성숙을 기본으로 삼는 것을 의미한다.

다산 선생은 인간관계의 확장을 통해 이루어지는 교육의 내용과 실상을 인의예악지(仁義禮樂智)라는 이념과 가치로 설명했다. 다산이 내리는 교육의 근간은 인[어짐]과 의[의로움]를 근간으로 삼은 인간관계의 확장이며, 인의(仁義)의 규범을 익히는 것[예]과 인의를 즐기는 것[악]이며, 인의의 가치를 깨닫고 거기서 떠나지 않는 참된 지혜[지]를 습득하는 일이다. 백년 전 다산선생이 생각한 교육의 방향과 실천 내용은 주입식 교육이 지닌 근대교육의 한계를 넘어 새로운 시대와 인간적인 사회를 재정립하기 위해 필요한 방향이 아닐까 싶다. 인간다운 삶을 누리기 위해 부모와 형제의 관계를 바탕으로 국가와 지도자, 선배, 친구 등등의 타인들을 내남없이 배려하면서 더불어 살아가는 이치를 습득하는 것이 교육의 올바른 본질이 아닐까. 그 전제가 잘못되면 사물의 이치를 탐구하는 노력과 지식 확대는 자신만을 위한 이기적인 목표로 무너질 수밖에 없다.

오늘의 시대에 교육은 입시제도에 치인 수험생의 세계, 대학진학용, 직업훈련용의 수준의 격하된 부분이 없지 않다. 그런 현실에서는 인간으로서의 소양을 키울 여력도 없고, 입시기계와 수험지원자 부모로 귀결될 뿐이다. 부모의 맹목적인 입시전사 양성의지가 사교육의 현실을 부추기고 공동체의 삶을 망각하도록 만드는 잘못된 욕망의 근원은 아닐까. 모두의 생각이 바뀌려면 부모의 잘못된 욕망부터 내려놓아야 한다.

24

정치란 무엇인가

정약용

　정치에서 '정(政)'이란 '바로 잡는다'[正]는 뜻을 가진 말이다.

　똑같은 우리 백성인데도 누구는 토지의 이익과 혜택을 함께 가져 부유한 생활을 하고, 누구는 토지의 혜택을 받지 못하여 가난하게 살 것인가. 이 때문에 토지를 개량하고 백성들에게 고루 나누어 주어 그것을 바로잡았으니 이것이 정(政)이다.

　같은 우리 백성인데도 누구는 풍요로운 땅이 많아 남는 곡식을 버릴 정도이고, 또 누구는 척박한 땅마저도 없어 모자라는 곡식을 걱정해야 할 것인가. 때문에 배와 수레를 만들고 측량의 규격을 세워 그 고장에서 나는 것을 딴 곳으로 옮기고, 있고 없는 것을 서로 통하게 하는 것으로 바로잡았으니 이것이 정이다.

　같은 우리 백성인데도 누구는 강대한 세력을 만들어 제멋대로 삼켜서 커지고, 누구는 연약한 위치에서 자꾸 빼앗기다가 죽어 사라

* 출전 : 「원정(原政)」-『다산시문집』

질 것인가. 때문에 군대를 조직하고 죄 있는 자를 성토하여 죽어 사라질 위기에 빠진 이들을 구해내고 세대가 끊긴 자를 이어가도록 바로잡으니 이것이 정이다.

똑같은 우리 백성인데도 누구는 상대를 업신여기고 불량하고 악독하면서도 육신이 멀쩡하게 지내고, 누구는 온순하고 부지런하고 정직하고 착하면서도 복을 제대로 받지 못하는가. 때문에 형벌로 징계하고 상으로 권장하여 죄와 공을 가려내는 것으로 바로잡으니 이 또한 정이다.

똑같은 우리 백성인데도, 누구는 멍청하면서도 높은 지위를 차지해서 악(惡)을 퍼뜨리고 있고, 누구는 어질면서도 아랫자리에 눌려 그 덕(德)이 빛조차 못 보게 할 것인가. 때문에 붕당(朋黨, 조선 시대에, 이념과 이해에 따라 이루어진 사림의 집단)을 없애고 공공의 법도[(公道)]를 펼쳐 어진 이를 관직에 기용하고 어리석은 자를 관직에서 몰아내며 정상을 바로잡았으니 이것이 정이다.

밭도랑을 깊게 만들고 수리(水利) 시설을 정비하여 장마와 가뭄에 대비하거나, 소나무·잣나무·의나무·오동나무·가래나무·옻나무·느릅나무·버드나무·배나무·대추나무·감나무·밤나무 등속을 심어 궁실(宮室)도 짓거나 관도 짜고, 곡식 대신 먹기도 한다. 소·염소·당나귀·말·닭·돼지·개 등을 길러 군대와 농민을 먹이기도 하고, 노인을 봉양하기도 한다. 산림 소택(山林沼澤)의 관리 직책을 맡은 우인(虞人)은 때를 가려 산림(山林)에 들어가 짐승과 새들을 사냥함으로써 해독을 몰아내고, 또 고기와 가죽을 제공하기도 한다. 공인(工人)도 계절에 따라 산림에 들어가 금과 은과 구리와 철과 단사(丹砂), 보옥(寶玉)을 캐다가 재원을 확보하기도 하고, 또 모든 쓰임새에 맞추어 재료를 공급한다. 의사는 병리(病理)를 연구하고 약의 성질을 감별하여 전염병이나 이른 나이에 죽는 일[요절]을 미연에 방지하게 한다. 이처럼 각 분야에서 안성맞춤으로 각자 소임을 다해 일하며 백성의 삶을 풍요롭게 만드는 것, 이것이 바로 왕의 정치[王政]이다.

왕의 정치가 사라지면 백성들이 곤궁하기 마련이고, 백성이 살기 어려워지면 나라가 가난해진다. 나라가 가난해지면 세금을 부과해서 거두는 일이 번거롭고, 세금을 부과해서 거두는 일이 번거로우면 인심이 흩어진다. 인심이 흩어지면 천명(天命)도 떠나버린다. 그러므로 빨리 서둘러야 바르게 해야 할 것이 정(政)이다.

해설

　다산의 정치론은 백성의 삶에 대한 방편을 생각하는 데서 시작된
다. 빈부 격차와 권력에 휘둘리지 않는 공공의 법도가 올바로 선 나
라를 만드는 일이 정치라는 것이다. 정(政)이라는 행위를 올바름[正]
이라는 가치와 연계시킨 것은 일반적인 발상은 아니다.

　그러나 빈부의 격차를 논하는 다산 정약용의 관점은 토지 소유의
여부만이 아니라 사회의 같은 구성원에 대한 배려와 존중에 바탕을
두고 있었다. 파당을 만들어 국가와 사회의 이익을 자기들의 것으
로 편취하는 것이나 강한 세력으로 다른 이들의 권익을 짓밟는 것
을 막아내는 것, 그리하여 공공의 법도에 따라 농사에서 산림과 보
건 등, 모든 사회 분야에서 제 할일을 온전하게 수행하며 사회가 풍
성해지도록 올바른 상황을 조성하는 것이 정치라는 것이다.

　권력을 자기의 것인 양 여기는 세력, 백성 위에 군림하는 어리석
은 관리, 파당을 지어 이익을 편취해 나가는 이들은 모두 올바름이
라는 정치의 공공 가치에 반한다. 그렇게 되면 우선 백성들의 삶이
어려워진다. 이들의 어려운 삶은 나라의 세금 부과와 재정상태를

어렵게 만들고 민심을 도탄에 빠뜨린다. 정치의 가치와 중심이 백
성의 삶을 중심에 놓아야 하는 이유다.

25

사물의 뜻을 취할까 형상을 취할까
김창협

　삼일정은 곡운(谷雲)의 화음동(華陰洞, 강원도 화천군 사창리 소재)에 있다. 내 큰아버지께서 세웠다. 왜 '삼일정'이라 이름 지었을까? 그건 세 개의 기둥[三柱]에다 큰마루[一極] 하나로 세웠기 때문이다. 기둥 세 개와 큰마루에서 과연 무슨 뜻을 취했던가? 그것은 하늘과 땅과 사람이라는 세 개의 기둥[삼재(三才)]과 한 가지 이치[일리(一理)]에서 상(象)을 취한 것이다. 그렇다면 ('삼일정'이라는 정자는) 삼재와 일리의 상을 나타내기 위해서 그렇게 지은 것인가, 아니면 지어놓고 보니 그러한 상이 생겨난 것인가?

　처음 큰아버지께서는 시내 상류로 올라가던 그때, 거기에 있는 바위가 '거북이 물가에 나와 볕을 쪼이는' 모양 같았다. 거북의 등에 해당하는 자리는 정자를 세울 만했다. 그런데 바위의 앞은 넓고 뒤는 좁아, 겨우 기둥 세 개 밖에는 세울 수가 없었다. 그에 맞추어

＊출전 : 「삼일정기(三一亭記)」-『여한십가문초』

정자를 완성해 놓고 보니 그런 상이 되었고, 이름을 붙이고 보니 그러한 뜻이 나타나게 되었으니, 이 또한 자연히 그렇게 되었을 따름이다.

천지간의 사물은 그 수가 몹시 고르지 못한 것이기는 하나, 그 어느 것이나 자연의 상을 갖지 않은 것은 하나도 없다. 이치를 아는 이가 가만히 살펴보면 그 수는 어느 것이나 다 제대로 들어맞기 마련이다. 하지만, 어리석은 자는 그런 수를 살피지 못할 뿐이다.

하도(河圖)·낙서(洛書)라 해서 사람들은 오직 그 수가 10이나 9인 것을 알 뿐이다. 하지만, 복희(伏羲)나 하우(夏禹)처럼 이치에 통달한 다음 사물을 살펴보면 천지 생성(生成)의 차례와 음양 기우(奇偶)의 수가 한눈에 들어온다. 그래서 8괘(八卦)가 만들어지고 구주(九疇)의 법이 만들어졌고, 후세의 군자가 토끼 파는 사람만 보고도 괘를 그릴 수 있다는 말이 나오게 된 연유이다.

대개 사물을 잘 살피는 사람들은 사물을 사물로 보는 것이 아니라 상(象)으로 보며, 상으로서 상을 보는 것이 아니라 이치에 따라 상을 살핀다. 상으로 사물을 살피면 어느 것이나 지극한 상이 아닌 게 없고, 이치로 상을 보게 살펴보면 어느 상이나 지극한 이치가 아닌 게 없다. 비유하자면 소잡는 백정 포정(庖丁)의 눈에는 완전한 소가 없다는 말과 같다.

이제 이 정자가 기둥 셋과 큰마루 하나로 된 것을 두고 산중을 오가는 목동이나 나무꾼들 모두가 정자를 가리켜 말하는 바이다. 하지만, 정자의 이치와 상의 오묘함은 큰아버지만이 말 없는 가운데 이해하고 있을 뿐이다. 아침저녁으로 정자를 굽어보고 우러러보며 좋아하고 즐거워할 뿐, 하도나 낙서를 정자 앞에서 펼쳐 볼 필요를 느끼지 않는다. 그러니 이 정자를 세워 거기에 큰아버지께서 이름을 붙이고 한 것은 굳이 어떤 의미를 취해서가 아니고, (이름과 의미가) 서로 만나게 된 것을 기뻐할 따름이다. 그러니 어찌 구구히 상을 말할 필요가 있겠는가?

『주역(周易)』의 대전(大傳)을 읽어 보니, 옛날에 그릇을 만드는 자가 집이나 배나 수레에서부터 활이나 화살, 방아나 절구에 이르기까지 13괘로부터 상을 취하고 있다. 아, 성인은 신묘한 지혜로 사물을 창조하면서 각 괘에 따라 상을 취한 것인가, 아니면 사물을 완성한 뒤 그러한 상이 있다고 보는 것인가? 그러므로 공자가 이를 책으로 쓰면서 말할 때, '대개 그 상을 취했다.[盖取]'라고 한 것이다. 대개[盖]라는 말은 그럴 수 있다는 표현이지 꼭 그렇다고 단정하는 말은 아니다. 뒷날 이 정자에 오르는 이가 그 이치와 상(象)을 살피고 나서, 대체로 삼재(三才)와 일리(一理)의 상을 취했다 해도 되겠으나, 만약 꼭 그러한 상에 맞추어 지었다고 말한다면 이 정자를 세운 실상은 아니다.

계유년(1693, 숙종19) 12월 상순 종자(從子) 창협(昌協) 씀.

해설

　'취상(取象)'이라는 말이 있다. '추상'이라 부르기도 하는 이 말은, 여러 사물이나 개념에서 공통되는 특성이나 속성 따위를 추출하여 파악하는 일을 가리킨다. 병자에게서는 병의 징후를 찾아 구체적인 특성을 밝힌다. 직업인은 자신들의 전문적인 안목에 따라 연관된 징후를 잘 판별해낸다.

　'삼일정'이라는 구체적인 사례를 중심으로 '이름 붙이기'에 담긴 의미를 곱씹는 것이 이 글의 요지다. 글쓴이는 정자를 세운 내력을 통해 거창한 이치를 부여하는 방식을 주장하는 것도 무리이지만 그렇다고 해서 뒤늦게 의미를 부여하는 것도 온당치 않다고 말한다.

　이치에 밝은 이는 실상에 담긴 의미와 가치를 분별하는 능력을 가지고 있다. 사물을 사물로 보는 것이 아니라 실상을 보고 그 안에 담긴 이치를 잘 가늠하는 중요하다. 닭이 먼저인가 달걀이 먼저인가라는 논쟁을 넘어 두 가지 관점에서 안성맞춤의 논리와 설득력을 참조하는 겹눈의 안목이 필요하다.

　진리냐 생명이냐, 형식이나 내용이냐, 의미냐 가치냐, 좌냐 우냐,

이런 논쟁의 이면에는 두 가지의 가치가 상충하지만 두 가지의 상대적인 가치를 둘러싼 논쟁은 인식의 주관적 한계를 넘어서게 만드는 힘을 가지고 있다. 중요한 것은 닭도 달걀도 둘다 옳다고 보는 양시론이나 모두 그르다는 양비론에 치우치기보다 다른 견해를 존중하고 귀기울이는 태도이다. 남들의 견해를 다르다고 보며 그 차이를 존중하는 과정에서 우리의 인식이 그만큼 넓어진다.

26

글쓰기의 최소 법칙

김매순

글 짓는 법칙에는 세 가지가 있다. 첫째는 간결한 것이요, 둘째는 진실한 것이요, 셋째는 바른 것이다.

하늘을 말할 때 하늘이라고만 하고, 땅을 말할 때 땅이라고만 하는 것을 간결하다고 한다. 나는 것은 물에 잠길 수 없고 검은 것은 희게 될 수 없는 이것을 진실이라 한다. 옳은 것을 옳다 하고, 그른 것을 그르다 하는 것을 바른 것이라 한다.

그러나 미묘한 마음이 글로 드러나므로, 글이란 자기 뜻을 드러내서 남에게 알리는 것이다.

따라서 간결하게 말하는 것으로 부족하다 싶으면 말을 요란하게 만들어 거리낌 없이 자유롭게 표현한다. 진실하게 말하는 게 부족하다 싶으면 사물의 특징을 빌려 비유한다. 바르게 말하는 것으로 부족하다 싶으면 뜻을 뒤집어 (반대되는 표현으로) 깨닫도록 만든

---

* 출전 : 『삼한의 열녀전(三韓義烈女傳)』 서(序)

다. 복잡하게 만들어 거리낌없이 자유롭게 표현하려면 속됨을 싫어하지 않는다. 사물을 빌려 비유하려면 기이한 표현을 회피하지 않는다. 뒤집어 깨닫게 만들려면 과격한 표현을 병통으로 여기지 않는다. 이 세 가지가 아니면 쓰임이 통하지 않아 본체가 확립될 수 없다.

요(堯) 임금이 말하기를, "넘실거리며 흘러가는 홍수는 큰 해가 되어, 산을 안고 언덕을 넘어 넓고 넓어서 하늘에 닿을 듯하다."라고 했다. '아 저 홍수'라는 말 한 마디이면 충분할 것을, '넘실거린다'라고 하고 또 '크다'라든지 '넓다'든지 했으니, 말이 넘쳐나는데도 다시 손과 눈으로 돕고 있으니, 또한 속되지 않은가?

『시경』에 쓰여 있기를,

"직녀는 종일토록 일곱 필의 베를 짠다고 하지만(雖則七襄)

포백(布帛)의 문장을 이루지는 못하였구나(不成報章)

저기 저 견우를 보면(睆彼牽牛)

수레를 멍에에 메워 끌지는 못하는구나(不以服箱)"라고 하였다. 별이 베를 짜거나 수레를 몰지 못하는 것은 삼척동자도 아는데, 이런 표현이 어찌 기이하지 않다는 말인가?

재여(宰予)가 장사 지내는 기간을 줄이려 하자 공자가,

"네 마음이 편해진다면 그렇게 해라."

하였다. 재여가 이 말을 옳다고 그대로 믿어 장사 지내는 기간을

줄였다면 어찌 되었겠는가? 이것 또한 행동을 변화시킨 것이 아니 겠는가.

그러나 삼대(三代)[01] 이전은 순박함을 잃지 않았다. 성인은 중화(中和)의 극치이므로 말을 하면 문장이 이루어진다. 속된 것도 창달하는 데 적당하여 비루한 데로 흐르지 않고, 신기한 것은 비유가 잘 맞아 허탄한 데에 빠지지 않으며, 격동시키는 것은 깨닫도록 만들기를 기대하되 그 뜻이 어그러지지 않도록 해야 한다. 이를 소리에 비유하면 이렇다. 크게는 천둥소리에서부터 작게는 모기나 파리의 날갯짓 소리에 이르기까지 일일이 예를 들어 헤아리다 보면 어찌 천 가지 만 가지에 그치겠는가? 선대 왕들이 음악을 만들 때 음은 다섯에 지나지 않았고, 율(律)은 열둘을 넘지 않는 까닭은, 절도를 취하여 알맞게 한 때문이다.

성군은 모두 사라져 버리고 도는 어두워지고 정치는 피폐해져서 천하의 변란은 이루 다 말할 수 없었다. 말에 능한 선비로는 장주(莊周)와 굴원(屈原)과 태사공(太史公)[02] 같은 이들이 있다. 그러나, 이들은 모두 초야에 묻혀 살며 종신토록 고초를 겪으면서 비통한 근심, 헤아릴 길 없는 울분이 가슴에 맺혀 뜻을 펼 수 없었다. 그래서 그 글을 읽으면 왕왕 긴 노래와 같이 통곡하는 듯하고 비웃으며 욕하는 것 같아서, 진실로 그 뜻을 표현하자면 비루하고 허탄하고 어

---

01 하(夏) · 은(殷) · 주(周)

02 『사기』를 지은 사마천(司馬遷)을 가리킴.

굿나는 말들이 입에서 튀어나와 절제할 수 없었다.

그래서 수준 높은 글은 더러 경전에 버금가기도 하지만 총담, 패설, 배우의 잡희(雜戲)같이 수준 낮은 글도 여기(모두 처한 현실과 처지)에서 시작된다. 슬프다, 누가 이렇게 만들었는가? 삼물(三物)[03]이 위로 행해지지 않고 사과(四科)[04]의 교화가 아래에 들리지 않아, 방탕하고 방자함을 금할 수 없다. 마치 강하(江河)가 터져 강물이 사방으로 넘쳐흐르는 것은 성군인 우(禹)가 다시 나오더라도 단지 그 성질에 순응하여 내려가도록 할 뿐이지, 마침내 물길을 돌려 이것을 막고 동쪽으로 물길을 이끌어서 북쪽으로 나눈 다음 옛길을 뒤따라가게 만들 수는 없다. 그런데 융통성이 없고 마음이 곧지 못한 선비들이 입으로만 재잘거리며 법의 잣대만으로 그 결과를 의논하려 하는데, 이런 태도는 정말 분수를 알지 못하는 것이다.

우리 종친 죽계자(竹溪子)는 하늘 아래 기이한 선비요, 그가 지은 『삼한의열녀전』은 하늘 아래 기이한 글이다. 죽계자는 약관(弱冠)의 나이에 문장을 이루었으나 늙어서 머리가 세도록 자기 이름을 드날리는 때를 만나지 못했다. 그가 이 글을 쓴 것은 장주와 굴원과 태사공 같은 이들과 함께 솜씨를 발휘해서 앞을 다투려는 것이었고, 한유(韓愈) 아래로는 거론조차 하지 않았으니, 그 뜻이 자못 비장하

---

03 육덕(六德)·육행(六行)·육예(六藝)를 가리킴

04 덕행(德行)·언어(言語)·정사(政事)·문학(文學)을 가리킴.

고 안타깝다.

　내 학문이 죽계자의 덕을 돕기에는 부족하고, 내 힘이 죽계자의 재주를 천거하기에도 부족하니, 내가 죽계자에게 어찌 하겠는가? 오로지 세상에서 이 글을 읽는 사람이 고금의 문장에 담긴 본체와 작용의 변화는 살피지도 않고 나서, 비루하고 허황하고 어그러졌다고 문제 삼는다면, 내가 비록 글은 못하지만 죽계자를 위해 변론을 할 수는 있을 것이다.

　이 글을 쓴 김매순은 19세기 유학자로 조예가 깊었으나 설화에 많은 관심을 기울이기도 한 사람이었다. 그가 언급하고 있는 『삼한 의열녀전』은 1814년 죽계 김소행이 쓴 한문소설로 당시에는 자신의 이름을 내걸고 작품을 만든 이로서는 드문 사례였다. 그가 각별하게 여긴 것은 김소행의 문장 솜씨였다.

　비록 추천사로 쓰여진 글이지만, 이 안에는 옛 성현의 글이 가진 미덕을 언급하고 있어서 흥미롭다. 그는 글의 미덕을 간결함과 진실함, 올바름에서 구하고 있다.

　글이 간결하다고 해서 글의 분량이 적어도 된다는 뜻은 아니다. 글의 분량을 묻는 이들에게 나는 곧잘 '적절한 분량'이라고 말한다. '적절한 분량'이란 자신의 주장이나 생각을 충분히 담아낸 정도를 가리킨다. 하지만 글에서 간결함이란 표현에 국한해서 말한다면 더이상 줄이지 못할 만큼 단단한 문장의 구조라고 할 만하다.

　독일의 한 소설가는 더이상 수정이나 삭제가 불필요한 표현의 경지를 말한 바 있는데, 이것이 표현의 간결함이 아닐까 싶다. 이를 위해서는 머릿속으로 문장과 문장 사이에 접속사로 채우며 서술해 나가되 실제 글에서는 가급적 접속사를 뺀다. 둘째, 꾸미는 말인 부사어 사용을 자제한다. '매우' '반드시' '절대로' '언제나' 등등 확정적이고 과장된 표현을 삼간다.

어떤 글쓰기에서도 자신이 체험한, 자신만이 관찰하고 느꼈던 점을 구체화시켜 나가는 게 중요하다. 우리 각자의 얼굴에 드러나는 표정에는 자신들이 보고 듣고 느낀 것들에 대한 희로애락의 정서적 반응이 나타난다. 표정은 모두가 각기 다르다. 그처럼 글도 보고 듣고 느낀 점들이 남들과 달라야만 한다. 자신만이 느낀 점은 스스로 체험하지 아니하고서는 말할 수 없는 일화일 텐데, 그것이 자신의 생각과 마음에 담긴 진실을 담아낼 그릇이 된다. 진실함은 거짓된 것들과 잘못된 가치에 대한 옹호, 꾸미기와 거리가 있다. 글 안에 자신의 진심을 담을 수 있다면 그건 이미 잘 된 글이라고 말할 수 있다. 마지막으로, 글에서 올바름이란 잘못된 가치의 반대가 아니다. 올바름이란 모두가 수긍할 수 있는 보편적 가치, 상식에 기초한 건강한 생각, 약한 자들에 대한 배려와 나눔의 정신에서 비롯되는 실천적인 가치이다.

27

문명국으로 가는 길

유길준

　개화란 인간 세상의 천만 가지 사물이 지극히 선하고도 아름다운 경지에 이르는 것을 말한다. …… 오륜의 행실을 독실하게 지켜서 사람 된 도리를 안다면 이는 행실이 개화된 것이며, 국민들이 학문을 연구하여 만물의 이치를 밝힌다면 이는 학문이 개화된 것이다. 나라의 정치를 바르고도 크게 하여 국민들에게 태평한 즐거움이 있으면 이는 정치가 개화된 것이며, 법률을 공평히 하여 국민들에게 억울한 일이 없으면 법률이 개화된 것이다. 기계 다루는 제도를 편리하게 하여 국민들이 사용하기 편리하면 기계가 개화된 것이며, …… 이 여러 가지 개화를 합한 뒤에야 개화를 다 갖추었다고 말할 수 있다. …… 대강 그 등급을 구별해 보면 세 가지에 지나지 않으니, 개화하는 나라, 반쯤 개화한 나라, 아직 개화하지 않은 나라이다.

　개화한 자는 천만 가지 사물을 연구하고 경영하여, 날마다 새롭고

＊출전 : 「개화의 등급」- 『유길준전서』

또 날마다 새로워지기를 기약한다. 이와 같이 하기 때문에 그 진취적인 기상이 웅장하여 사소한 게으름도 없고, 또 사람을 접대할 때도 말을 공손히 하고 몸가짐을 단정히 하여, 능한 자를 본받고 능치 못한 자를 불쌍하게 여긴다. …… 반쯤 개화한 자는 사물을 연구하지 않고 경영하지도 않으며 구차한 계획과 고식적인 의사로써 조금 성공한 경지에 안주하고, 장기적인 대책이 없는 자이다. …… 사람을 접대할 때 능한 자에게 칭찬하는 일이 적고, 능치 못한 자는 깔본다. …… 그러므로 국민이 저마다 자신의 영화와 욕심을 위해 애쓸 뿐이지, 여러 가지 개화를 위해서 마음을 쓰지는 않는 자들이다. 아직 개화하지 않은 자는, 즉 야만스러운 종족이다. 천만 가지 사물에 규모와 제도가 없을 뿐만 아니라 애당초 경영하지도 않는다. ……

개화하는 일을 주장하고 힘써 행하는 자는 개화의 주인이고, 개화하는 자를 부러워하여 배우기를 즐거워하고 가지기를 좋아하는 자는 개화의 손님이며, 개화하는 자를 두려워하고 미워하면서도 마지못하여 따르는 자는 개화의 노예이다. …… 노예가 되면 언제나 남의 지휘에 따를 수밖에 없으므로 부끄러운 일이 적지 않을뿐더러, 조금이라도 실수하는 일이 있으면 그 토지와 국민도 보전할 수 없어 개화한 자의 더부살이가 되기 쉬우니 …… 개화를 좋아하면서도 본받지 않고 부러워하면서도 배우지 않으며 두려워하면서도 깨닫지 못하면 남의 노예가 되어 개화하는 지휘에 복종할 수밖에 없다. 국민들이 마음을 합하여 경계하고 삼가야 한다.

개화는 실상의 개화와 허명의 개화로 분별된다. 실상의 개화는 사물의 이치와 근본을 깊이 연구하고 고증하여 그 나라의 처지와 시세에 합당케 하는 경우이다. 허명의 개화는 사물에 대한 지식이 부족하면서도 남이 잘된 모습을 보면 부러워서 그러든지 두려워서 그러든지, 앞뒤를 헤아릴 지식도 없이 덮어놓고 시행하자고 주장하여 돈은 적지 않게 쓰면서도 실용성은 그에 미치지 못하는 경우이다. ……(중략)…… 그러므로 남의 장기를 취하려는 자는 결코 외국의 기계를 사들이거나 기술자를 고용하지 말고, 반드시 자기 나라 국민으로 하여금 그 재주를 배우도록 하여 그 사람이 그 일에 종사케 하는 것이 좋다. ……

…… 지나친 자는 아무런 분별도 없이 외국의 것이라면 모두 다 좋다고 생각하고 자기 나라 것이라면 무엇이든지 좋지 않다고 생각한다. 심지어는 외국 모습을 칭찬하는 나머지 자기 나라를 업신여기는 폐단까지도 있다. 이들을 개화당이라고 하지만 이들이 어찌 개화당이랴. 사실은 개화의 죄인이다. 한편 모자라는 자는 완고한 성품으로 사물을 분별치 못하여, 외국 사람이면 모두 오랑캐라 하고 외국 물건이면 모두 쓸데없는 물건이라 하며, 외국 문자는 천주학이라고 하여 가까이하지도 않는다. 자기 자신만이 천하제일이라고 여기며, 심지어는 피해 사는 자까지도 있다. 이들을 수구당이라고 하지만 이들이 어찌 수구당이랴. 사실은 개화의 원수이다. …… 개화하는 데는 지나친 자의 폐해가 모자라는 자보다 더 심하다. …… 입에는 외국 담배를 물고, 가슴에는 외국 시계를 차며, 의자에

걸터앉아 외국 풍속을 이야기하거나 외국 말을 얼마쯤 지껄이는 자가 어찌 개화인이라고 할 수 있겠는가. 이는 개화의 죄인도 아니고 개화의 원수도 아니다. 개화라는 헛바람에 날려서 마음속에 주견도 없는 한낱 개화의 병신이다.

 …… "후세 사람이 옛날 사람에게 미치지 못한다"라고 말하는 사람도 있지만 이는 이치에 맞지 않는 말이다. …… 사람의 지식은 세대를 거듭할수록 신기한 것과 심묘한 것들이 쏟아져 나온다. 옛사람들은 육지를 오가면서 걷는 대신 말이나 수레를 탔다. 천 리 먼 길을 열흘이나 보름의 여행으로 간신히 이를 수 있었다. 그러나 요즘 사람들은 빠른 화륜차 덕분에 반나절 품만 들이면 된다. …… 이처럼 신기하고 신묘한 이치는 옛날에 없었다가 요즘에야 비로소 생긴 것이 아니다. 천지간의 자연스러운 근본은 예나 이제나 차이가 없지만, 옛사람들은 그 이치를 다 밝혀 내지 못했고 요즘 사람들은 깊이 연구하여 터득한 것이다. 이를 통해 본다면 요즘 사람의 재주와 학식이 옛사람보다 훨씬 나은 듯하지만, 실상은 옛사람이 처음 만들어 낸 것에다 윤색한 것일 뿐이다. …… 우리나라의 고려청자는 천하에 유명한 것이고, 이충무공의 거북선도 철갑선 가운데는 천하에서 가장 먼저 만든 것이다. 교서관의 금속활자도 세계에서 가장 먼저 만들어 낸 것이다. …… 그러나 후배들이 앞사람들의 옛 제도를 윤색치 못하였다.

유길준(1856~1914)의 저작 『서유견문』(1895)은 개화파의 정치개혁
에 이론적 근거를 제공한 책이다. 국한문혼용체인 이 책은 서양 근
대 문명을 소개하면서 당대사회의 실정에 맞는 전망을 '실상개화
(實狀開化)'라고 보았다.

유길준에 따르면 '개화'란 인간사회가 '지선극미(至善極美)'한 상
태에 도달하는 것인데, 사회는 역사적으로 '미(未) 개화−반(半) 개
화−개화'의 단계를 거쳐 진보한다는 것이다. 이같은 문명진보 사관
(文明進步史觀)은 근대 이전까지 유학자들이 줄곧 주장해온 '상고주
의 사관(尚古主義史觀)'을 비판적으로 보는 관점이라는 점에서 구별
된다.

유길준의 개화사상 역시 당대사회의 산물이다. 당시 제기되던 실
학에서의 '통상개국론(通商開國論)'과 청일전쟁 이후 중국에서 주장
되었던 개혁론인 양무변법론(洋務變法論), 일본의 후쿠자와 유키치
가 주장한 문명개화론, 서구의 천부인권론(天賦人權論)과 사회계약
론(社會契約論) 등이 그의 개화사상을 만들어낸 토양에 해당한다. 유

길준의 개화사상이 궁극적으로 제기하는 주장은 입헌군주제 도입을 통한 상공업 진흥과 무역 활성화, 화폐 및 조세제도의 근대화, 근대적인 교육제도의 실시 등으로 요약된다.

실제로 유길준은 1895년 갑오개혁을 주도한 친일내각의 내부대신을 역임하며 사회개혁의 중심에 있었다. 단발령을 강행한 것도 그의 작품이다. 민비가 시해되는 을미사변(1895. 11) 이후 일어난 아관파천(俄館播遷, 1896. 2)으로 친일내각이 붕괴되자 일본으로 망명하였던 그는 고종 폐위 뒤 귀국길에 올랐다. 이후 일진회의 한일합방론을 반대하며 국민 계몽과 민족산업 진흥에도 힘썼다.

유길준의 개화론이 시대를 넘어 백년을 넘긴 지금에도 유용한 것은 무엇인가. 그의 개화론이 '문명국으로 가는 길'을 제시하는 전망이자 근본적인 사유이기 때문이다. 개화를 '실상의 개화'(진짜 개화)와 '허명의 개화'(허울뿐인 가짜 개화)로 나눈 그는, 다음과 같이 일갈한다. "실상의 개화는 사물의 이치와 근본을 깊이 연구하고 고증하여 그 나라의 처지와 시세에 합당케 하는 경우이다. 허명의 개화는 사물에 대한 지식이 부족하면서도 남이 잘된 모습을 보면 부러워서 그러든지 두려워서 그러든지, 앞뒤를 헤아릴 지식도 없이 덮어놓고 시행하자고 주장하여 돈은 적지 않게 쓰면서도 실용성은 그에 미치지 못하는 경우이다." 우리 사회는 지금 문명국으로서 '실상의 개화' 도달했는가, 아니면 '허명의 개화'에 그치고 있는가. 우리가 문제에 답할 차례다.

28

근대교육의 이념과 주체

짐(朕)이 생각하건대, 조종(祖宗)께서 업을 시작하시고 통을 이으사 이제 504년이 지났도다. 이는 실로 우리 열조의 교화와 덕택이 인심에 젖고 우리 신민이 능히 그 충예를 다한 데 있도다. 그러므로 짐이 한량없이 큰 이 역사를 이어나가고사 밤낮으로 걱정하는 바는 오직 조종의 유훈을 받들려는 것이니, 너희들 신민은 짐의 마음을 본받을지어다.

너희들 신민의 조선은 곧 우리 조종이 보유한 어진 신민이었고, 너희들 신민은 또한 조선의 충애를 잘 이었으니 곧 짐이 보유하는 어진 신민이로다. 짐과 너희들 신민이 힘을 같이하여 조종의 큰 터를 힘쓰지 아니하면 나라가 공고하기를 바라기 심히 어렵도다.

＊출전 : 「교육입국조서」

우내(宇內)의 형세를 살펴보건대 부강하여 독립하여 웅시(雄視)하는 모든 나라는 모두 다 그 인민의 지식이 개명하였도다. 이 지식의 개명은 곧 교육의 선미(善美)로 이룩된 것이니, 교육은 실로 국가를 보존하는 근본이라 하리로다. 그러므로 짐은 군사(君師)의 자리에 있어 교육의 책임을 지노라. 또 교육은 그 길이 있는 것이니 헛된 이름과 실제 소용을 먼저 분별하여야 하리로다. 독서나 습자로 옛 사람의 찌꺼기를 줍기에 몰두하여 시세의 대국(大局)에 눈 어둔 자는, 비록 그 문장이 고금을 능가할지라도 쓸데없는 서생에 지나지 못하리로다.

이제 짐이 교육의 강령을 보이노니 헛이름을 물리치고 실용을 취할지어다. 곧, 덕을 기를지니[德育], 오륜의 행실을 닦아 속강(俗綱)을 문란하게 하지 말고, 풍교를 세워 인세(人世)의 질서를 유지하며, 사회의 향복을 증진시킬지어다. 다음은 몸을 기를지니[體育], 근로와 역행(力行)을 주로 하며, 게으름과 평안함을 탐하지 말고, 괴롭고 어려운 일을 피하지 말며, 너희의 근육을 굳게 하고 뼈를 튼튼히 하여 강장하고 병 없는 낙(樂)을 누려 받을지어다. 다음은, 지(知)를 기를지니[知育] 사물의 이치(理致)를 끝까지 추궁함으로써 지를 닦고 성(性)을 이룩하고, 아름답고 미운 것과 옳고 그른 것과, 길고 짧은 데서 나와 남의 구역을 세우지 말고, 정밀히 연구하고 널리 통하기를 힘쓸지어다. 그리고 한 몸의 사(私)를 꾀하지 말고, 공중의 이익을 도모할지어다.

이 세 가지는 교육의 강기(綱紀)이니라. 짐은 정부에 명하여 학교를 널리 세우고 인재를 양성하여 너희들 신민의 학식으로써 국가중흥의 대공(大功)을 세우게 하려 하노니, 너희들 신민은 충군하고 위국하는 마음으로 너희의 덕과 몸과 지를 기를지어다. 왕실의 안전이 너희들 신민의 교육에 있고, 국가의 부강도 또한 신민의 교육에 있도다. 너희들 신민이 선미한 경지에 다다르지 못하면 어찌 짐의 다스림을 이루었다 할 수 있으며, 정부가 어찌 감히 그 책임을 다하였다 할 수 있고, 또한 너희들 신민이 어찌 교육의 길에 마음을 다하고 힘을 다하였다 하리요. 아비는 이것으로써 그 아들을 고무하고, 형은 이것으로서 아우를 권면하며, 벗은 이것으로써 벗의 도움의 도를 행하고 분발하여 멎지 말지어다.

나라의 분한(憤恨)을 대적할 이 오직 너희들 신민이요, 국가의 모욕을 막을 이 오직 너희들 신민이니, 이것은 다 너희들 신민의 본분이로다. 학식의 등급으로 그 공효(功效)의 고하를 아뢰되, 이러한 일로 상을 쫓다가 사소한 결단(缺端)이 있더라도, 너희들 신민은 또한 이것이 너희들의 교육이 밝지 못한 탓이라고 말할지어다. 상하가 마음을 같이 하기를 힘쓸지어다. 너희들 신민의 마음이 곧 짐의 마음이니 힘쓸지어다. 진실로 이와 같을진대 짐은 조종의 덕광(德光)을 사방에 날릴 것이요, 너희들 신민 또한 너희들 선조의 어진 자식과 착한 손자가 될 것이니, 힘쓸지어다."

해설

　근대의 서막을 연 갑오개혁(1894~1896)은 사회 전반에 대한 근대
적 제도 안착을 시도한 첫걸음이었다. 특히 교육 분야의 개혁 강도
는 전면적이라고 할 만큼 파급력이 높았다.

　하지만 갑오개혁의 전개과정은 그리 주체적이지 않았다. 1894년
봄에 발생한 동학농민운동의 결과, 농민들의 폐정개혁(弊政改革) 요
구와 전주성(全州城) 점거사태, 이어진 동학농민군과 정부군과의 강
화(講和) 속에서, 민씨정권이 6월초 청나라에 파병 요청을 하면서
일본도 조선에 군대를 파견하기에 이른다. 청일 두 나라의 군대가
파견되는 와중에 서울에서는 일본공사 오토리(大鳥圭介)가 내정개혁
안을 제시하였고, 그해 7월 23일 일본군이 궁중에 난입하여 민비를
시해하고 흥선대원군을 내세워 신정권을 세웠다. 7월 27일 개혁추
진기구인 군국기무처(軍國機務處)가 설치되어 내정개혁을 단행한 것
이 갑오개혁이었다.

　이처럼, 갑오개혁의 한계는 외세개입을 허용하는 복잡한 정세 속
에 자율적인 요소와 타율적인 국면이 혼재한다는 데 있었다. 때문

에 이 시기에 나온 고종의 「교육조서」는 근대교육의 시작을 알리는 선언문이자 법적 근거였음에도 의의와 한계를 함께 지니고 있었다.

「교육조서」의 반포와 함께 기존의 교육제도도 크게 변화한다. 초등교육의 서당교육과 과거제가 철폐되었고 소학교와 중등학교 중심의 근대교육이 마침내 시작되었던 것이다.

고종의 「교육조서」는 외형상 메이지 시대 일본의 「교육칙어」(1890)를 차용한 것이었으나 당대 현실에 맞게 전유되었다. 여기에는 종래의 경전 중심 교육을 지양하고 덕육, 지육, 체육의 3대 교육 강령을 제시하여 근대교육이 추구할 방향과 근간을 전인적 인간상으로 설정했다. 「교육조서」가 반포된 후 교사양성을 위한 한성사범학교의 관제가 마련되었고, 외국어학교 관제, 소학교령, 중학교 관제 등의 제도가 속속 마련되었다.

「교육조서」에는 국민교육의 권장과 민족주의 교육의 이념이 담겨 있는데, 여기에서는 '근면한 노동'과 '열매를 맺는 실천'의 습성을 강조하고 있다. 「교육조서」가 '교육입국'을 기치로 내걸고 사회 개조를 통한 교육의 사회적 기능을 중시하며 신구 교육의 전환점을 마련했으나 부정적인 요소도 있다.

「교육조서」는 당대의 긴박한 국제정세 때문이기도 하지만 교육을 '구국운동'의 연장선에 놓으면서 '시민양성'이라는 보편적 가치 정립보다 '나라를 구하는 교육전사' 또는 '신민(臣民)'양성에 더 많은 비중을 두었고, 개인의 주체적 성장에 소홀했다는 비판이 가능하다. 오늘의 현실에 교육이 출세 수단으로 각인돼 있는 것도, 인간으로서의 가치와 전인교육에서 첫단추를 잘못 꿰었다는 것이다.

빠르게 변해가는 교육 주체에 대한 성격 규정에서 개인의 전인적이고도 주체적인 성장, 사회와 국가에 대한 공헌, 인류사회에의 기여로 이어지는, 지역적 특성에 기반을 둔 보편적 가치 실현은 핵심 중의 핵심이다. '국가의 발전이 개인의 발전'에 앞서는 것이 아니라 '개인의 발전이 곧 국가의 발전'으로 이어지는 것이다. 교육에서 개인은 한 개인을 넘어 가족과 사회, 국가와 민족, 세계시민으로 이어지는 가치를 지향해야 함은 물론이다.

29

역사 공부와 나라 사랑

신채호

(전략)내가 지금의 각급 학교 교과서에 수록된 역사를 살펴보건 대, 가치 있는 역사는 거의 없도다. 제1장을 열어보면 우리 민족이 중국 민족의 일부분인 듯하며, 제2장을 펼쳐보면 우리 민족이 선비 (鮮卑)족의 일부인 듯하고, 마지막까지 전편을 모두 펼쳐보면, 때로 는 말갈(靺鞨)족의 일부인 듯하다가, 때로는 몽고족의 일부인 듯하 며, 때로 여진족의 일부인 듯하다가 때로 일본족의 일부인 듯하다. 오호라, 과연 이와 같을진대 우리 몇만 방리(方里)의 토지가 이처럼 남만북적(南蠻北狄)의 밥상이며, 우리 4천여 년 산업은 이처럼 아침 에는 양(梁)나라, 저녁에는 초(楚)나라의 경매물이라 할지니, 그 연 유가 어찌 그럴 까닭이 있겠는가?

역사의 붓을 쥔 자는 반드시 그 나라의 주인이 되는 한 종족을 앞 서서 드러내고, 이를 주제(主題)로 삼은 후 그 정치는 어찌 잘 되고

---

* 출전 : 『독사신론(讀史新論)』 - 『대한매일신보』(1908)

못되었으며, 그 산업은 어떻게 일어나고 쇠퇴했으며, 그 무공(武功)은 어떻게 앞서고 뒤처졌으며, 그 풍속은 어떻게 변해갔으며, 외래의 각 종족을 어떻게 흡수했으며, 다른 지역 여러 나라를 어떻게 교류, 교섭했는지를 서술하여야 비로소 역사라고 말할 수 있다. 만일 그렇지 아니하면 이는 정신이 담겨 있지 않은 역사이다. 정신이 담겨 있지 않은 역사는 정신이 없는 민족을 낳고, 정신이 없는 국가를 만들 것이니 어찌 두렵지 아니한가.

오호라, 어찌 해야 우리 이천만 동포의 귀에 항상 애국이라는 한 단어가 울려 퍼지게 할까? 오직 역사로써만 가능하다. 오호라 어찌 해야 우리 이천만 동포의 눈에 항상 나라라는 한 단어가 맴돌게 만들까? 오호라 역사로만 가능하다. 아아; 어찌 해야 우리 이천만 동포의 손이 언제나 나라를 위해 봉사하도록 만들까? 그렇다. 오직 역사로만 가능하다. 아아, 어찌 하여야 우리 이천만 동포의 다리가 항상 나라를 위해 용약(勇躍, 용감하게 활약함)하게 만들 것인가? 그렇다. 오직 역사로써만 할 뿐이다. 어아, 어찌 해야 우리 이천만 동포의 목이 항상 나라를 노래하도록 할 것인가? 그렇다. 오직 역사로써만 할 뿐이니라! 아아 어떻게 해야 우리 이천만 동포의 뇌가 항상 나라를 위해 깊이 생각하도록 할 것인가? 그렇다. 오직 역사로 할 뿐이니라! 어떻게 하면 우리 이천만 동포의 머리카락 한올한올이 언제나 나를 위해 무성하게 서 있도록 할까? 그렇다. 오직 역사로써만 할 수 있을 뿐이다. 오호라 어찌해야 우리 이천만의 피눈물이 항상 나라를 위해 솟구치고 떨어지도록[열적(熱滴)] 할 것인가? 말하노니 오직 역사로써만 가능할 뿐이다.

　역사를 떠나 애국심을 구하면 이는 눈을 감고 보는 것을 구하는 것이며, 다리를 쓰지 않고 달리기를 구하는 것이니 어찌 애국심을 얻을 수 있겠는가. 그러므로 국민의 애국심을 불러일으키고자 하면 먼저 '완전한 역사'를 먼저 가르쳐야 한다. 저 조국을 욕하면서 등 돌리고 남들의 창귀(倀鬼, 귀신) 노릇을 즐겨하는 자를 보면 나는 이것이 역사를 읽지 않았기 때문이라 믿는다. 동포를 발로 밟으며 욕보이며 남의 권력에 빌붙은 자를 보면서 내가 이를 역사를 읽지 않았기 때문이라 믿는다. 제 한몸의 불행과 행복만 생각하고 나라의 흥망을 꿈 바깥으로 밀어내는 자를 보면 나는 이것이 역사를 읽지 않았기 때문이라 믿는다. 아아, 자신이 과연, 4천 년간 우리 조상들이 눈물과 피로 이 땅을 품고 지켜서 우리들에게 남겨 전해 준 것임을 안다면, 2천만 동포가 곧 육대주(六大洲) 안에 신성한 하나의 가족임을 안다면, 삼천리 산하가 곧 만대 자손이 대대로 지켜야 할 강토인 줄을 안다면, 저가 이 나라를 잊고자 한들 어찌 차마 잊을 수 있고, 저가 이 나라를 버리고자 한들 어찌 차마 버릴 수 있겠는가.

　(이하 생략)

해설

'현재는 과거라는 거인의 등에 올라탄 난장이'다. 역사는 과거와 현재의 끝없는 대화를 통해 어떻게 살 것인가, 어떤 삶을 살아갈 것인가라는, 현재와 미래에 필요한 잣대를 마련하는 전문분야이자 교양에 해당한다. 역사에서 추출하는 수많은 기준은 한 나라에만 국한되지 않는 세계 시민으로서의 자양분이 된다. 그런 까닭에 베네데토 크로체는 '모든 역사는 현재의 역사'라고 주장했다.

단재 신채호(1880~1936) 선생만큼, 일본 제국주의와 치열하게 대결한 이도 드물다. 그는 유학자였으나 언론인, 역사가, 소설가, 정치가, 독립운동가로 종횡무진 활약하였다. 그는 일제의 국권강탈에 맞서 을사늑약 체결(1905) 이후 『황성신문』에 논설을 투고하며 사회활동을 시작했고, 1906년부터는 『대한매일신보』 주필로서 국채보상운동을 비롯한 실천적인 독립투쟁에 나섰다.

스물아홉 약관의 나이에 쓴 「독사신론」은 1908년 8월부터 그해 12월까지 『대한매일신보』에 연재되었다. 이 글은 민족, 자주, 독립이라는 완강한 틀 안에서 역사의 효용을 치열하게 되묻는 그의 역사론이다. 그는 각급학교 교과서에 수록된 역사 내용이 일제의 문화침탈 속에 자국 역사의 우수성과 자부심을 가르치지 못하는 상황이 된 점을 강력하게 비판한다. '나라 사랑의 길은 오로지 역사를 제대로 아는 데서 출발한다'는 것이 이 글의 핵심 명제다.

백여 년 전 단재 신채호 선생이 갈파한 역사론도 지금에 못지않은 절체절명의 현실에서 나온 목소리였다. 그것은 주체적이고 민족 중심의 역사였다. 자국 역사의 우수함을 강조하는 역사라 해서 타국 역사를 부정하면서 기술되는 게 아님은 분명하다. 오늘의 관점에서 논조를 재구성해서 수용할 부분이 없지 않지만, 민족의 자주적이고 주체적인 역사의 중요성만큼은 부정하기 어렵다.

'정신이 담겨 있지 않은 역사는 정신이 없는 민족을 낳고, 정신이 없는 국가를 만들 것'이라는 말은 중국의 동북공정이나 일본의 우경화 속에서 각별한 함의로 다가온다. 역사를 둘러싼 갈등과 긴장이 그 어느 때보다 높고 드세다. 가히 '역사전쟁'이라고 할 만한 지금의 현실에서 단재 선생의 역사 효용은 한 나라에 국한된 차원을 넘어 세계시민의 소양을 갖추는 출발점이기도 하다. "2천만 동포가 곧 육대주(六大洲) 안에 신성한 하나의 가족"이라는 전제는 동포를 한데 잇는 역사의 효용이 나라사랑이고, 더 나아가 인류 공동의 사랑으로 나아가는 통로라는 함의를 내포하고 있는 셈이다

30

동아시아 평화의 집 만들기

안중근

무릇 합치면 성공하고 흩어지면 패망한다는 것은 만고에 분명 정해져 있는 이치이다. 지금 세계는 동서(東西)로 나누어져 있고 인종도 각각 달라 서로 경쟁하고 있다. 일상생활에서는 실용기계연구에 농업이나 상업보다 더욱 열중하고 있다. 그러나 새 발명인 전기포(電氣砲), 비행선(飛行船), 침수정(浸水艇)[01]은 모두 사람을 상하게 만들고 사물을 해치는 기계이다.

청년들을 훈련시켜 전쟁터로 몰아넣고 수많은 귀중한 생명들을 희생물(犧生物)처럼 버려놓아, 피가 냇물을 이루고, 고기가 땅 위에 질펀히 널리는 일이 날마다 그치질 않는다.

삶을 좋아하고 죽음을 싫어하는 것은 모든 사람의 한결같은 마음

＊출전 : 『동양평화론 서문』

01 잠수함.

인데 어찌 밝은 세계에 이 무슨 광경이란 말인가. 말과 생각이 여기에 이르면 뼈가 시리고 마음이 서늘해진다.

그 근본을 따져보면 예로부터 동양민족은 다만 문학에만 힘쓰고 제 나라만 조심해 지켰을 뿐, 도무지 한치의 유럽 땅도 침입해 뺏지 않았다는, 오대주(五大洲) 위 사람이나 짐승, 초목까지 다 알고 있는 사실에 기인한다.

그런데 유럽의 여러 나라들은 가까이 수백 년 이래로 도덕을 까맣게 잊고 날로 무력을 일삼으며 경쟁하는 마음을 양성해서 조금도 꺼리는 기색이 없다. 그 중 러시아가 더욱 심하다. 그 폭행과 잔인한 해악이 서구(西歐)나 동아(東亞)에 어느 곳이고 미치지 않는 곳이 없다.

악이 차고 죄가 넘쳐 신(神)과 사람이 다같이 성낸 까닭에 하늘이 한 매듭을 짓기 위해 동해 가운데 조그만 섬나라인 일본으로 하여금 이와 같은 강대국인 러시아를 만주대륙에서 한주먹에 때려눕히게 하였다. 누가 능히 이런 일을 헤아렸겠는가. 이것은 하늘에 순응하고 땅의 배려를 얻은 것이며 사람의 정에 응하는 이치이다.

당시 만일 한·청 두나라 국민이 상하가 일치해서 전날의 원수를 갚고자 해서 일본을 배척하고 러시아를 도왔다면 큰 승리를 거둘

수 없었을 것이나 어찌 그것을 예상 할 수 있었겠는가. 그러나 한·청 두 나라 국민은 이와 같이 행동하지 않았을 뿐만 아니라 도리어 일본군대를 환영하고 그들을 위해 물건을 운반하고, 도로를 닦고, 정탐하는 등의 일의 수고로움을 잊고 힘을 기울였다. 이것은 무슨 이유인가.

거기에는 두 가지 큰 사유가 있었다.

일본과 러시아가 개전할 때, 일본천황이 선전포고하는 글에 '동양평화를 유지하고 대한 독립을 공고히 한다'라고 했다. 이와 같은 대의(大義)가 청천백일(靑天白日)의 빛보다 더 밝았기 때문에 한·청 인사는 지혜로운 이나 어리석은 이를 막론하고 일치동심해서 복종했음이 그 하나이다.

또한 일본과 러시아의 다툼이 황백인종(黃白人種)의 경쟁이라 할 수 있으므로 지난날의 원수졌던 심정이 하루아침에 사라져 버리고 도리어 큰 하나의 인종사랑 무리[애종당(愛種黨)]를 이루었으니 이도 또한 인정의 순리라 가히 합리적인 이유의 다른 하나이다.

통쾌하도다! 장하도다! 수백 년 동안 행악하던 백인종의 선봉을 북소리 한번에 크게 부수었다. 가히 천고의 희한한 일이며 만방이 기념할 자취이다. 당시 한국과 청국 두 나라의 뜻있는 이들이 기약 없이 함께 기뻐해 마지않은 것은 일본의 정략이나 일 헤쳐나감이 동서양 천지가 개벽한 뒤로 가장 뛰어난 대사업이며 시원스런 일로 스스로 헤아렸기 때문이었다.

슬프다! 천만 번 의외로 승리하고 개선한 후로 가장 가깝고 가장 친하며 어질고 약한 같은 인종인 한국을 억압하여 조약을 맺고, 만주의 장춘(長春) 이남인 한국을 조차(租借: 땅세를 주고 땅을 빌림)를 빙자하여 점거하였다. 세계 모든 사람의 머릿속에 의심이 홀연히 일어나서 일본의 위대한 명성과 정대한 공훈이 하루아침에 바뀌어 만행을 일삼는 러시아보다 더 못된 나라로 보이게 되었다. 슬프다. 용과 호랑이의 위세로서 어찌 뱀이나 고양이 같은 행동을 한단 말인가. 그와 같이 좋은 기회를 어떻게 다시 만날 수 있단 말인가. 안타깝고 통탄할 일이로다.

동양 평화와 한국 독립에 대한 문제는 이미 세계 모든 나라의 사람들 이목에 드러나 금석(金石)처럼 믿게 되었고 한·청 두 나라 사람들의 뇌리에 깊이 새겨져 있음에랴! 이와 같은 사상은 비록 천신의 능력으로도 소멸시키기 어려울 것이거늘 하물며 한두 사람의 지모(智謀)로 어찌 말살할 수 있겠는가.

지금 서세동점(西勢東漸)의 환난을 동양 사람이 일치 단결해서 극력 방어함이 최상책이라는 것은 비록 어린 아이일지라도 익히 아는 일이다. 그런데도 무슨 이유로 일본은 이러한 순리의 형세를 돌아보지 않고 같은 인종인 이웃나라를 치고 우의(友誼)를 끊어 스스로 방휼의 형세[02]를 만들어 어부를 기다리는 듯하는가. 한·청 양국인

---

02 방휼지세(蚌鷸之勢): 조개와 도요새가 서로 물고 물리며 다투는 형세. 이때 어부가 나타나면 힘 안들이고 둘 다 잡아가게 됨. 어부지리(漁夫之利).

의 소망은 크게 깨져 버리고 말았다.

만약 일본이 정략을 고치지 않고 핍박이 날로 심해진다면 부득이 차라리 다른 인종에게 치욕을 당하지 않겠다는 소리가 한·청 두 나라 사람의 폐부(肺腑)에서 용솟음쳐서 상하 일체가 되어 스스로 백인의 앞잡이가 될 것이 불을 보듯 뻔한 형세이다. 그렇게 되면 동양의 수억 황인종 가운데 수많은 뜻있는 인사와 정의로운 사나이가 어찌 수수방관하고 앉아서 동양 전체가 까맣게 타죽는 참상을 기다리기만 할 것이며 또한 그렇게 하는 것이 옳겠는가.

그래서 동양 평화를 위한 정의로운 전쟁을 하르빈에서 시작하고 담판(談判)하는 자리를 여순(뤼순)으로 정했으며, 이어 동양평화 문제에 관한 의견을 제출하는 바이다. 여러분의 눈으로 깊이 살펴보아 주기 바란다.

1910년 경술 2월
대한국인 안중근

해설

　동양평화론(東洋平和論)은 안중근 의사가 중국 뤼순 감옥에서 1910년 2~3월 동안 한문으로 집필한 글이다. 이 글은 1909년 10월 26일 하얼빈역에서 동양평화의 원흉으로 지목한 이토 히로부미를 사살하는 의거 후, 뤼순감옥에서 1910년 2월 14일 사형을 언도받을 때까지, 서문과 전감 일부만 작성된 채 미완성으로 남았다. 「동양평화론」을 완성할 때까지 처형 연기를 재판부에 요청했으나 받아들여지지 않았다.

　비록 미완성의 글이지만 「동양평화론」은 자서전 《안응칠 역사》와 함께 검찰의 심문조서, 재판 공술내용과 함께 사상가로서의 면모를 확인할 수 있다. 그가 말하는 동양 평화론은 동북 아시아의 평화체제 구축의 일단을 보여주는 것으로 한중일 3국의 상설기구인 '동양평화회의'를 뤼순에다 조직, 설치하고, 다른 아시아 국가가 참여하는 회의로 발전시키는 한편, 동북아 3국 공동은행 설립을 비롯하여, 동북아 3국 공동평화군 창설 등의 구상을 구체적으로 보여주고 있다. 이는 오늘날 유럽연합(EU)과 같은 지역연합 국가 방식의 평화체

제에 대한 구상으로써 오늘의 국제정세에 100년을 앞선 선견지명
이라는 평가를 받기도 한다.

19세기말 근대문명을 몇십 년 먼저 받아들여 제국주의의 길을 밟
은 일본과 달리, 변혁운동이 봉건체제에 의해 좌절, 지연된 중국과
한국사회는 서구 열강의 식민화 물결에서 자유롭지 못했다. 안중근
이라는 인물은 적어도 세계 정세를 관망하며 동북아시아 삼국만이
라도 제국주의에 맞서 공동 번영의 활로를 모색하는 것이 공존과
상호 번영의 밑거름이 된다는 신념을 버리지 않았다. 그는 제국주
의의 길로 들어선 일본에 대한 의로운 전쟁을 시작하면서 공존의
위한 담판의 계기로 삼겠다는 것이 「동양평화론」의 본질이었다.

오늘의 현실에서 동북아시아 정세는 지난 백년 전과는 다르지만
정세의 혼돈은 그만 못지 않다. 백년 전 안중근 의사가 보여준 동양
평화의 가치는 그래서 소중하다. 동북 아시아는 세계적으로도 정치
와 경제, 문화의 중심으로 각광받고 있는 지금의 현실에서 평화체
제 구축은 어떻게 가능할까를 고민해야 할 시점이다.

31

인간과 세계의 개조 방향
안창호

여러분! 우리 사람이 일생에 힘써 할 일이 무엇일까요. 나는 우리 사람의 일생에 힘써 할 일은 개조하는 일이라 하오. 이렇게 말하니까 혹은 오늘 내가 '개조'라는 문제를 가지고 말하기 위하여 이에 대한 여러분의 주의를 깊게 하려는 것 같소마는 나는 결코 그런 수단으로 하는 말은 아니오. 내 평생에 깊이 생각하여 깨달은 바 참 마음으로 하는 참된 말씀이오.

우리 전 인류가 다 같이 절망하고 또 최종의 목적으로 하는 바가 무엇이오? 나는 이것을 '전 인류의 완전한 행복'이라 하오. 이것은 고금동서 남녀노소를 물론하고 다 동일한 대답이 될 것이오.

그러면 이 '완전한 행복'은 어디서 얻을 것이오? 나는 이 행복의 어머니를 '문명'이라 하오. 그 문명은 어디서 얻을 것이오? 문명의 어머니는 '노력'이오. 무슨 일에나 노력함으로써 문명을 얻을 수 있

＊출전 : 「개조에 대하여(1919년, 상해)」 - 『안도산전서』

소. 곧 개조하는 일에 노력함으로써 문명을 얻을 수 있소. 그러므로 내가 말하기를 "우리 사람이 일생에 힘써 할 일은 개조하는 일이라" 하였소.

여러분! 공자가 무엇을 가르쳤소? 석가가 무엇을 가르쳤소? 소크라테스나 톨스토이가 무엇을 말씀했습니까? 그들이 일생에 많은 글을 썼고 많은 일을 하였소마는, 그것을 한마디로 말하면 다만 '개조' 두 글자뿐이오. 예수보다 좀 먼저 온 요한이 맨 처음으로 백성에게 부르짖은 말씀이 무엇이오? "회개하라" 하였소. 나는 이 '회개'라는 것이 곧 개조라 하오.

그러므로 오늘은 이 온 세계가 다 개조를 절규합니다. 동양이나 서양이나, 약한 나라나 강한 나라나, 문명한 민족이나 미개한 민족이나, 다 개조를 부르짖습니다. 정치도 개조해야 되겠다. 모두가 개조해야 되겠다 하오, 신문이나 잡지나 공담이나 사담이나 많은 말이 개조의 말이오. 이것이 어찌 근거가 없는 일이며 이유가 없는 일이겠소? 당연의 일이니 누가 막으려 해도 막을 수 없는 일이오.

우리 한국 민족도 지금 개조! 개조! 개조! 하고 부릅니다. 그러나 나는 우리 삼천만 형제가 이 '개조'에 대하여 얼마나 깊이 깨달았는지 얼마나 귀중히 생각하는지 의심스러운 일이오. 더구나 문단에서 개조를 쓰고 강단에서 개조를 말하는 그들 자신이 얼마나 깊이 깨달았는지 알 수 없소. 만일 이것을 시대의 한 유행어로 알고 남이 말하니 나도 말하고 남들이 떠드니 우리도 떠드는 것이면 대단히 불행한 일이오. 아무 유익이나 효과를 얻을 수 없소. 그런 고로 우리 이천만 형제가 다 같이 이 개조를 절실히 깨달을 필요가 있소.

여러분! 우리 한국은 개조하여야 하겠소. 이 행복이 없는 한국! 이 문명되지 못한 한국! 반드시 개조하여야 하겠소. 옛날 우리 선조들은 개조의 사업을 잘하셨소. 그런 고로 그 때에는 문명이 있었고 행복이 있었소마는 근대의 우리 조상들과 현대의 우리들은 개조 사업을 아니하였소. 지난 일은 지난 일이거니와 이제부터 우리는 이 대한을 개조하기를 시작하여야 하겠소. 1년이나 2년 후에 차차로 시작할 일이 못 되고 이제부터 곧 시작하여야 할 것이오. 만일 이 시기를 잃어버리면 천만 년의 유한이 될 것이오. 여러분이 참으로 나라를 사랑하십니까? 만일 너도 한국을 사랑하고 나도 한국을 사랑할 것 같으면 너와 나와 우리가 다 합하여 한국을 개조합시다. 즉 이 한국을 개조하여 문명한 한국을 만듭시다.

문명이란 무엇이오? 문이란 것은 아름다운 것이오, 명이란 것은 밝은 것이니 즉 화려하고 광명한 것입니다. 분명한 것은 다 밝고 아름답되 문명치 못한 것은 다 어둡고 더럽습니다. 행복이란 것이 본래부터 귀하고 좋은 물건이기 때문에 밝고 아름다운 곳에는 있으되, 어둡고 더러운 곳에는 있지 않습니다. 그런 고로 문명한 나라에는 행복이 있으되 문명치 못한 나라에는 행복이 없습니다. 보시오, 저 문명한 나라 백성들은 그 행복을 보존하여 증진시키기 위하여 그 문명을 보존하고 증진시킵니다. 문명하지 못한 나라에는 행복이 있지도 않거니와, 만일 조금이라도 남아 있다면 그 상존한 문명이 파멸함을 좇아서 그 남은 행복이 차차로 없어질 것입니다. 이것은 우리가 다 익히 아는 사실이 아니오? 그런 고로 "행복의 어머니는 문명이다" 하였소.

우리 한국을 문명한 한국으로 만들기 위하여 개조의 사업에 노력하여야 하겠소. 무엇을 개조하잡니까? 우리 한국의 모든 것을 다 개조하여야 하겠소. 우리의 교육과 종교도 개조하여야 하겠소. 우리의 농업도 상업도 토목도 개조하여야 하겠소. 우리의 풍속과 습관도 개조하여야 하겠소. 우리의 음식, 의복, 거처도 개조하여야 하겠소. 우리 도시와 농촌도 개조하여야 하겠소. 심지어 우리 강과 산까지도 개조하여야 하겠소.

여러분 가운데 혹 이상스럽게 생각하시리다. "강과 산은 개조하여 무엇하나?" 하시리다마는 그렇지 않소. 이 강과 산을 개조하고 아니하는 데 얼마나 큰 관계가 있는지 아시오? 매우 중대한 관계가 있소.

이제 우리 나라에 저 문명스럽지 못한 강과 산을 개조하여 산에는 나무가 가득 서 있고 강에는 물이 풍만하게 흘러간다면 그것이 우리 민족에게 얼마나 큰 행복이 되겠소. 그 목재로 집을 지으며 온갖 기구를 만들고 그 물을 이용하여 온갖 수리에 관한 일을 하므로 이를 좇아서 농업, 공업, 상업 등 모든 사업이 크게 발달됩니다.

이 물자 방면뿐 아니라 다시 과학 방면과 정신 방면에도 큰 관계가 있고, 저 산과 물이 개조되면 자연히 금수, 곤충, 어오(漁鰲)가 번식됩니다.

또 저 울창한 숲속과 잔잔한 물가에는 철인 도사와 시인 화객이 자연히 생깁니다. 그래서 그 민족은 자연을 즐거워하며 만물을 사랑하는 마음이 점점 높아집니다. 이와 같이 미묘한 강산에서 예술이 발달되는 것은 사실이 증명하오.

만일 산과 물을 개조하지 아니하고 그대로 자연에 맡겨 두면 산에는 나무가 없어지고 강에는 물이 마릅니다. 그러다가 하루아침에 큰비가 오면 산에는 사태가 나고 강에는 홍수가 넘쳐서 그 강산을 헐고 묻습니다. 그 강산이 황폐함을 따라서 그 민족도 약하여집니다.

그런즉 이 산과 강을 개조하고 아니함에 얼마나 큰 관계가 있습니까? 여러분이 다른 문명한 나라의 강산을 구경하면 우리 강산을 개조하실 마음이 불 일 듯하시리라. 비단 이 강과 산뿐 아니라 무엇이든지 개조하고 아니하는 데 다 이런 큰 관계가 있는 것이오. 그런 고로 모든 것을 다 개조하자 하였소.

나는 흔히 우리 동포들이 원망하고 한탄하는 소리를 듣소. "우리 신문이나 잡지야 무슨 볼 것이 있어야지!" "우리 나라에야 학교라고 변변한 것이 있어야지!" "우리 나라 종교는 다 부패해서!" 이 같은 말을 많이 듣소. 과연 우리 나라는 남의 나라만 못하오. 실업이나 교육이나 종교나 무엇이든지 남의 사회만 못한 것은 사실이오마는 나는 여러분께 한 마디 물어 볼 말이 있소? 우리 이천만 대한 민족 중의 하나인 여러분 각각 자신이 무슨 기능이 있나요? 전문 지식이 있소? 이제라도 실사회에 나가서 무슨 일 한 가지를 넉넉히 맡아 할 수 있소? 각각 생각해 보시오.

만일 여러분이 그렇지 못하다 하면, 여러분의 주위를 둘러보시오.

여러분 동족인 한국 사람 가운데 상당한 기능이나 전문 지식을 가진 사람이 몇 있소? 오늘이라도 곧 실사회에 나아가 종교계나 교육계나 실업계나 어느 방면에서든지 원만히 활동할 만한 사람이 몇이나 되오? 여러분이나 나나 우리가 다 입이 있을지라도 이 묻는 말에 대하여는 오직 잠잠하고 있을 뿐이오.

그런즉 오늘 우리 한국 민족의 현상이 이만하고 이렇게 우리의 하는 사업이 남의 것과 같을 수 있소. 그것은 한 어리석은 사람의 일이 될 뿐이오.

세상에 어리석은 사람들은 흔히 이러하오. 가령 어느 단체의 사업이 잘못되면, 문득 그 단체의 수령을 욕하고 원망하오. 또 어느 나라의 일이 잘못되면 그 중에서 벼슬하던 몇 사람을 역적이니 매국적이니 하며 욕하고 원망하오. 물론 그 몇 사람이 그 일의 책임을 피할 수는 없소. 그러나 그 정부 책임이 다 그 벼슬하던 사람이나 수령 몇 사람에게만 있고 그 일반 단원이나 국민에게는 책임이 없느냐 하면 결코 그렇지 않소. 그 수령이나 인도자가 아무리 영웅이요 호걸이라 하더라도 그 일반 추종자의 정도나 성심이 부족하면 아무 일도 할 수 없소.

또 설사 그 수령이나 인도자가 악한 사람이 되어서 그 단체나 나라를 망하게 하였다 할지라도 그 악한 일을 다 하도록 살피지 못하고 그대로 내버려 둔 일은 일반 그 추종자들이 한 일이오. 그런 고로 그 일반 단원이나 국민도 책임을 면할 수 없소. 그런즉 우리는 이제부터 쓸데없이 어떤 개인을 원망하거나 시비하는 일은 그만 둡

시다.

이와 같은 일은 새 시대의 한국 사람으로는 할 일이 아니오. 나는 저 스마일스의 "국민 이상의 정부도 없고 국민 이하의 정부도 없다" 한 말이 참된 말이라 하오.

그런즉, 이 우리 민족을 개조하여야 하겠소. 이 능력 없는 우리 민족을 개조하여 능력 있는 민족을 만들어야 하겠소. 어떻게 하여야 우리 민족을 개조할 수 있소?

한국 민족이 개조되었다 하는 말은, 즉 다시 말하면 한국 민족의 모든 분자 각 개인이 개조되었다 하는 말이오. 그런 고로 한국 민족이라는 한 전체를 개조하려면 먼저 그 부분인 각 개인을 개조하여야 하겠소. 이 각 개인을 누가 개조할까요? 누구 다른 사람이 개조하여 줄 것이 아니라 각각 자기가 자기를 개조하여야 하겠소. 왜 그럴까? 그것은 자기를 개조하는 권리가 오직 자기에게만 있는 까닭이오. 아무리 좋은 말로 그 귀에 들려 주고 아무리 귀한 글이 그 눈앞에 벌려 있을지라도 자기가 듣지 않고 보지 않으면 할 수 없는 일이오.

그런 고로 우리는 각각 자기 자신을 개조합시다. 너는 너를 개조하고 나는 나를 개조합시다. 곁에 있는 김군이나 이군이 개조 아니한다고 한탄하지 말고, 내가 나를 개조 못 하는 것을 아프게 생각하고 부끄럽게 압시다. 내가 나를 개조하는 것이 즉 우리 민족을 개조하는 첫걸음이 아니오? 이에서 비로소 우리 전체를 개조할 희망이 생길 것이오.

그러면, 나 자신에서는 무엇을 개조할까. 나는 대답하기를 "습관을 개조하라"하오. 문명한 사람이라는 것은 그 사람의 습관이 문명스럽기 때문이오. 야만이라 하는 것은 그 사람의 습관이 야만스럽기 때문이외다.

그러므로 여러분의 모든 악한 습관을 각각 개조하여 선한 습관을 만듭시다. 거짓말을 잘 하는 습관을 가진 그 입을 개조하여 참된 말만 하도록 합시다. 글 보기 싫어하는 그 눈을 개조하여 책 보기를 즐겨하도록 합시다. 게으른 습관을 가진 그 사지를 개조하여 활발하고 부지런한 사지를 만듭시다.

이 밖에 모든 문명스럽지 못한 습관을 개조하여 문명스러운 습관을 가집시다. 한 번 눈을 뜨고 한 번 귀를 기울이며 한 번 입을 열고 한 번 몸을 움직이는 지극히 작은 일까지 이렇게 하여야 하오.

어떤 사람들이 말하기를 "그까짓 습관 같은 것이야……"하고 아주 쉽게 압니다마는 그렇지 않소. 저 천병과 만마는 쳐 이기기는 오히려 쉬우나 이 일에 일생을 노력하여야 하오.

여러분이 혹 우습게 생각하시리다. 문제는 매우 큰 것으로 시작하여 마지막에 이같은 작은 것으로 결말을 지으니까. 그러나 그렇지 않소. 이 세상에 모든 큰 일은 가장 작은 것으로부터 시작하였고, 크게 어려운 일은 가장 쉬운 것에서부터 풀어야 하오. 우리는 이것을 밝히 깨달아야 하겠소. 이 말을 만일 한 보통의 말이라 하여 우습게 생각하면 크게 실패하오.

"그것은 한 공상이요 공론이지 어떻게 그렇게 할 수가 있나?" 이렇게 생각하실 이도 계시리라. 그러나 우리는 그렇게만 생각지 말고 힘써 해 봅시다. 오늘도 하고 내일도 하고 이번에 실패하면 다음번에 또 하고…… 이같이 나아갑시다.

여러분 우리 사람이 처음에 굴 속에서 살다가 오늘 이 화려한 집 가운데서 살기까지, 처음에 풀 잎새로 몸을 가리다가 오늘 비단 의복을 입기까지 얼마나 개조의 사업을 계속하여 왔습니까?

그러므로 나는 사람을 가리켜서 개조하는 동물이라 하오. 이에서 우리가 금수와 다른 점이 있소. 만일 누구든지 개조의 사업을 할 수 없다면 그는 사람이 아니거나 사람이라도 죽은 사람일 것이오.

여러분, 우리는 '작지불이 내성군자(作之不已 乃成君子, 끊임없이 노력하면 곧 군자가 됨)'라는 말을 깊이 생각합시다. 오늘 우리나라의 일부 예수교인 가운데는 혹 이러한 사람이 있소.

"사람의 힘으로야 무슨 일을 할 수 있나, 하느님의 능력으로 도와주셔야지!"하고 그저 빈말로 크게 기도를 올리고 있습니다. 그러나 그들은 큰 오해요. 그들은 예수가 "구하는 자라야 얻으리라, 문을 두드리는 자에게 열어 주시리라"한 말씀을 깨닫지 못한 것이오. 나는 그들에게 "먼저 힘써하고 그 후에 도와주시기를 기도하라"고 말하고 싶소. '자조자(自助子)를 천조자(天助者 : 하늘은 스스로 돕는 자를 돕는다)'라는 귀한 말을 그들이 깨달아야 하겠소.

여러분! 나는 이제 말을 마치려 하오. 여러분! 여러분이 과연 한국을 사랑하십니까! 과연 우리 민족을 구원하고자 하십니까? 그렇

거든 우리는 공연히 방황, 주저하지 말고 곧 이 길로 나갑시다. 오
직 우리의 갈 길은 다만 이 길뿐이오. 나는 간절한 마음으로 이같이
크게 소리쳐 묻습니다.

"한국 민족아! 너희가 개조할 자신이 있느냐?"

우리가 자신이 있다 하면 어서 속히 네 힘과 내 힘을 모아서 앞에
열린 길로 빨리 달려 나갑시다.

해설

'개조'라는 말은 '근본 자체를 철저히 해부해서 새롭게 만든다'라는 뜻이다. 백년 전 망국의 위기를 타개하려는 선각자의 형형한 목소리는 자기 개조에서부터 세상 개조가 시작된다는 말로 시작해서 그 말로 끝난다. 그는 개신교도를 향해 헛된 신앙이 아니라 지상에서의 개조를 위한 신앙을 소리 높여 외치고 있다. 이 문제제기는 온갖 적폐를 해소하여 독립한 문명국으로 나아가는 일관된 방향 하나를 제시한다. 그것은 공허한 말장난에 그치는 말만의 성찬이 아니라 근본적인 자기 혁신에서 시작되는 변화가 세상을 바꾼다는 것이다.

도산 안창호(安昌浩, 1878~1938) 선생은 대한제국의 교육개혁운동가, 애국계몽운동가, 일제 강점기의 독립운동가, 교육자, 정치가이다. 독실한 개신교 신자였던 그는 뛰어난 연설로 만민공동회에서 강연정치를 통해 구국과 독립을 주창한 이였다. 실천적인 배움을 강조했던 그는 이광수의 소설 『무정』에 등장하는 교육자, 정치가로서 대중적 호소력을 구비한 이였다. 일제의 영향력이 점차 강해지자 미국으로 망명한 다음, 노동자로 생계를 이어가면서도 독립운동 조직에 앞장서며 모금활동을 하다가 1919년 상하이에 임시정부가 수립되자 활발하게 활동했다. 그는 실력양성론을 바탕으로 교육을 통한 인재 양성이 독립의 토대라고 보았고 점진학교(1899), 대성학교(1908), 중국 난징에 동명학원 설립(1926)을 주도했다.

식민지 시기 한국사회에서는 독립의 방법을 놓고 무력투쟁, 실력양성을 통한 점진적 개혁론인 민족개조론, 외교독립론이 분립할 때, 안창호 선생은 민족개조론을 주창하는 대표적 인사였다. 그는 민족 내부에서 힘과 실력을 키워 자립기반을 마련하는 것이 독립의 지름길이라고 보았다. 그의 실력 양성론은 경제적, 사회적인 실력 배양이 독립의 기반을 가능하게 하는 필요조건임을 주장했다. 또한 그는 '교육입국'의 명제하에 교육을 통한 인재 양성에 나섰고 각급 학교 설립과 인재 양성에 매진했다. 그가 주창한 실력배양론에는 윤치호, 이광수, 최남선, 송진우, 안호상, 조병옥, 김성수 등과 같은 인사들이 모두 그의 영향 아래 1920년대 이후 조선학을 비롯한 교육 문화 분야 발전에 크게 기여했다.

특히 그는 연설과 웅변에 두루 능통하여, 강연회에서 청년들을 감화시키는 현장정치의 달인이었다. 그의 연설에 감화받은 청년들이 독립운동에 투신하기에 이른다. 그는 흥사단, 대한인국민회 등 재미한인단체를 조직, 주관하였고, 1919년 4월부터 대한민국 임시정부 수립에 참여, 주도하였다. 1932년 윤봉길 의사의 홍커우 공원 폭탄투척 사건 이후 체포되어 서대문형무소에 투옥되어 고문 후유

증으로 출옥 직후 사망했다.

「개조에 대하여」는 1919년 상해 임시정부에서 활동할 당시의 연설로, 이 연설문은 그가 외친 민족개조론의 핵심을 담고 있다. 그가 말하는 '개조'는 '전 인류의 완전한 행복'이다. 자주적인 독립국가로서 문명국이 되려면, 모든 사람이 누리는 완전한 행복을 위한 실천적 노력을 통칭해서 '개조'라고 말한다. 이는 앞서 보았던 유길준의 '문명개화'의 범주에서 멀리 떨어져 있지 않다. 도산 선생은 무지와 미망과 인습에서 헤어나지 못한 까닭을 교육 부재와 인재 부족에서 찾았다. 실력을 쌓기 위해 노력함으로써 '개조'는 시작되며 사회 발전의 행보가 가동된다는 것이다. 결국 '개조'는 인위적이지만 스스로의 실천적 노력을 의미한다. 연설의 말미에 나오는 '작지불이 내성군자(作之不已 乃成君子, 끊임없이 노력하면 곧 군자가 됨)' '천조자조자(天助自助子, 하늘은 스스로 돕는 자를 돕는다)' 등은 '개조'의 핵심에 해당하는 말이다.

부재와 침묵
한용운

님의 침묵

님은 갔습니다 아아 사랑하는 나의 님은 갔습니다

푸른 산빛을 깨치고 단풍나무숲을 향하여 난 작은 길을 걸어서 차마 떨치고 갔습니다

황금(黃金)의 꽃 같이 굳고 빛나던 옛 맹서(盟誓)는 차디찬 티끌이 되어서 한숨의 미풍(微風)에 날라갔습니다

날카로운 첫 키스의 추억(追憶)은 나의 운명(運命)의 지침(指針)을 돌려 놓고 뒷걸음쳐서 사라졌습니다

나는 향기로운 님의 말소리에 귀먹고 꽃다운 님의 얼굴에 눈멀었습니다

사랑도 사람의 일이라 만날 때에 미리 떠날 것을 염려하고 경계하지 아니한 것은 아니지만 이별은 뜻밖의 일이 되고 놀란 가슴은

＊출전 : 시집 「님의 침묵」

새로운 슬픔에 터집니다

　그러나 이별을 쓸데없는 눈물의 원천(源泉)으로 만들고 마는 것은 스스로 사랑을 깨치는 것인 줄 아는 까닭에 걷잡을 수 없는 슬픔의 힘을 옮겨서 새 희망(希望)의 정수박이에 들어부었습니다

　우리는 만날 때에 떠날 것을 염려하는 것과 같이 떠날 때에 다시 만날 것을 믿습니다

　아아 님은 갔지마는 나는 님을 보내지 아니하였습니다

　제 곡조를 못 이기는 사랑의 노래는 님의 침묵(沈默)을 휩싸고 돕니다

식민지 시대의 현실을 노래한 이 시가 연애풍 편지 형식을 가지고 있어서 발표 당시 이미 독자들의 공명을 불러일으켰다는 사실은 잘 알려져 있지 않다.

문학의 언어는 근본적으로 '마음의 간절함'에서 시작된다. 만해 선사의 이 작품이 지금까지도 독자들의 사랑을 받는 것은 사랑의 간절함에 기댄 마음의 간절함이다. 일제라는 시대의 산물이면서도 이 시가 시대를 넘어 오늘날에도 생명력을 간직하고 있는 점은 분명 이채롭다. 남녀의 사랑으로 맥락화된 사랑의 전제와 정의는 여전히 참신한 언어감각을 뽐낸다.

'운명의 지침을 돌려놓은' '날카로운 첫키스의 추억'이라던가 '향기로운 님의 말소리에 귀먹고' '향기로운 님의 얼굴에 눈먼다'는 표현도 1920년대 중반의 시점에서는 꽤나 충격적이었을 것이다. 감정을 있는 그대로 표현하는 것에 반발하는 엄숙주의가 현존하던 시대였기 때문이다. 그런 측면에서 이 작품은 이별을 인정하지 않고 잠시 떠나 있는 상황으로 가정하며 님의 사랑을 이어나가려는 화자의 면모는 사랑의 견고함을 보여주는 것을 넘어선 단단한 내적 경지를 느낄 수 있게 해준다.

문학의 언어는 빼어난 표현에 담긴 순정한 감정이 선연한 인상을 남기면서 독자의 뇌리에 파고든다. 타인의 마음을 움직이는 것이 마음이라고는 하지만 그 마음을 가장 적확하고 도드라지게 표현할 수 있다면 금상첨화일 것이다. 문학의 언어에 왜 친숙해야 하는지, 문학의 언어를 통해 궁극적으로는 표현의 아름다움과 묘미만이 아니라 화자의 정서와 내면상태를 통해 인간의 아름다움과 깊이를 짐작하는 계기가 된다는 것을 절감하게 해준다.

자연과 교감하며 찾아낸 님의 자취

한용운

알 수 없어요

바람도 없는 공중에 수직(垂直)의 파문(波紋)을 내이며 고요히 떨어지는 오동잎은 누구의 발자취입니까

지리한 장마 끝에 서풍에 몰려가는 무서운 검은 구름의 터진 틈으로 언뜻언뜻 보이는 푸른 하늘은 누구의 얼굴입니까

꽃도 없는 깊은 나무에 푸른 이끼를 거쳐서 옛 탑(塔) 위의 고요한 하늘을 스치는 알 수 없는 향기는 누구의 입김입니까

근원은 알지도 못할 곳에서 나서 돌뿌리를 울리고 가늘게 흐르는 작은 시내는 구비구비 누구의 노래입니까

연꽃 같은 발꿈치로 가이 없는 바다를 밟고 옥 같은 손으로 끝없는 하늘을 만지면서 떨어지는 날을 곱게 단장하는 저녁놀은 누구의 시(詩)입니까

──────
* 출전 : 시집 「님의 침묵」에서

타고 남은 재가 다시 기름이 됩니다 그칠 줄을 모르고 타는 나의
가슴은 누구의 밤을 지키는 약한 등불입니까

해설

  청년에게 자연은 흥미로운 관찰의 대상은 아니다. 유소년 시절에
는 그토록 아득한 장애물이었던 자연이 청년 시절에는 만만하고 거
칠것없는 야망 앞에 극복 가능한 대상처럼 여겨질 뿐이다. 아마도
충만한 자신감과 청년으로서의 열정이 정점에 놓인 까닭일 것이다.
  하지만 이 시는 화자가 자연과 깊이 교감하는 아름다운 광경을
보여준다. '알 수 없다'는, 표제어에 담긴 뜻은 자연의 숱한 면모들
과 대면하면서도 '향기'로만 한정되지 않는다.
  오동잎은 누구의 발자취인가, 장마 끝에 몰려가는 먹구름의 터진
틈으로 보이는 푸른 하늘이 누구의 얼굴인가, 옛탑 위로 스치는 알
수 없는 향기는 누구의 입김인가, 돌부리를 울리며 가늘게 흐르는
시냇물은 누구의 노래인가, 저녁놀은 누구의 시인가 등등의 반문은
모두 자연에 충만한 교감과 인격화된 존재와의 마음의 대화이다.
바람도 한점 없는 때 떨어지는 오동잎을 보며 누구의 발자취인가를
묻는 화자의 내면은 사물의 변화를 가늠할 수 없는 존재의 발자취
로 연계시킴으로써 아연 생동감이 넘치는 자연을 변모시켜 놓는다.

그러나 많은 반문을 거쳐 마침내 도달한 반문은 다음과 같다. 화자는 '타고 남은 재가 다시 기름이 되는' 원리를 떠올리며, 그치지 않는 열망으로 가득한 가슴을 두고 누구의 밤을 지키는 약한 등불인가라고. 이 반문은 외부로 향하는 대상과의 교감에 생겨난 발언과는 다른 부분이 있다. 적어도 이 대목은 '어두운 밤을 지키는 약한 등불'과도 같은 자신에 열망과 처지에 해당한다.

어두운 밤을 직시하며 그것을 감내하는 시의 자아는 적어도 설정된 상황이 보여주는 절박함에 비해 그 어떤 위로도 받을 수 없을 때 스스로 적극적인 반문을 통해 대상과 대화를 나눈다. 그 대화는 오동잎과 깊은 숲 옛탑 위 이끼와 시냇물과 먹구름 터진 것으로 언뜻언뜻 보이는 푸른 하늘과 저녁놀을 마주하며 그 안에서 님의 발자취와, 님의 향기와, 님의 노래와, 님의 얼굴과, 님과 내가 만들어내는 장엄한 시로 번역해내며 나약해지는 내면을 다잡는다. 그러니 위기와 깊은 절망에 쓰러지기보다 그 절망 속에서 찾아내는 위로와 울림과 소생하는 힘을 발견해내는 것도 이 시의 묘미가 아닐까 싶다.

생이라는 예술과 예술로서의 생

한용운

생의 예술

모르는 결에 쉬어지는 한숨은 봄바람이 되어서 야윈 얼굴을 비치는 거울에 이슬꽃을 피웁니다[핍니다]

나의 주위(周圍)에는 화기(和氣)라고는 한숨의 봄바람밖에는 아무것도 없습니다

하염없이 흐르는 눈물은 수정(水晶)이 되어서 깨끗한 슬픔의 성경(聖境)을 비칩니다

나는 눈물의 수정(水晶)이 아니면 이 세상에 보물(寶物)이라고는 하나도 없습니다

한숨의 봄바람과 눈물의 수정(水晶)은 떠난 님을 그리워하는 정(情)의 추수(秋收)입니다

———
＊출전 : 시집 「님의 침묵」에서

저리고 쓰린 슬픔은 힘이 되고 열이 되어서 어린 양(羊)과 같은 작
은 목숨을 살아 움직이게 합니다

님이 주시는 한숨과 눈물은 아름다운 생(生)의 예술(藝術)입니다

해설

"가까이에서는 비극이나 멀리서는 희극"이라는 말이 있다. 삶의 지경은 다양한 거리와 각도에서 전혀 달리 해석될 여지가 있다. 그것은 거리와 위치에 따라 의미가 요동친다.

시의 화자는 힘겹고 저린 슬픔 속에서 한숨과 눈물로 살아간다. 그러나 한숨은 봄바람이 변해 야윈 얼굴에 이슬꽃으로 바뀐다. 슬픔과 고통이 존재를 단련시키는 이 아름다운 시편은 고통스러운 슬픔조차 힘과 열이 되어 어린 양 같은 나약한 존재의 가녀린 목숨을 살아숨쉬게 만든다. 식민지 현실에 횡행하는 폭력의 시대에 서정시는 가녀리고 약한 존재를 통해 고통과 슬픔에 단련된 생을 아름다운 예술로 승화시키는 구체적인 징표가 바로 이 작품이다.

감내해야 하는 고통과 슬픔이 정신적으로 나약하게 만드는 것이 아니라 떠난 님을 그리워하는 꼭 그만큼, 내쉬는 한숨이 봄바람처럼 여윈 나를 위로하고 흐르는 눈물이 수정처럼 더 사랑을 절실하게 증폭시키며 정을 수확하게 만들며 살아 있는 존재로서의 삶을 긍정하도록 한다는 점에서 님은 흔들림없는 이념이며 존재를 지탱하게 해주는 절대적 가치에 해당한다. 그 가치가 한숨과 눈물을 아름다운 생의 예술로 만드는 원천이 되게끔 하는 셈이다. 슬픔과 절망이 때로 생을 고결하게 만들고 예술이 되게끔하는 조건이 될 수도 있다. '파도가 없으면 위대한 사공이 만들어지지 않는다.'라는 속담처럼.

33-1
별을 노래하는 마음과 만물에 대한 사랑
윤동주

서시

하늘을 우러러
한점 부끄럼 없이
잎새에 이는 바람에도
나는 괴로워했다

별을 노래하는 마음으로
모든 죽어가는 것을
사랑해야지
그리고 나에게 주어진
길을 걸어가야겠다

＊출전 : 시집 「하늘과 바람과 별과 시」

오늘밤에도
별이 스치운다

　윤동주(1917. 12~1945. 2)의 「서시」는 시집 전체로 보면 현관문에
해당하는 작품이다. 올해 탄생 백년을 맞는 윤동주 시인의 시는
「서시」에서 그의 죽음과 무관하게 어두운 시대를 살아간 식민지 조
선 청년의 깊은 고뇌와 내적 결의를 변치 않고 보여준다.

　"죽는 날까지 하늘을 우러러 한 점 부끄럼 없기를"라는 구절이
'죽는 날'을 전제한 뒤 하늘을 쳐다보아도 한 점 부끄럼 없는 생을
살고 싶어하는 자의 도덕적 감정은 매우 이례적이라고 할 만큼 아
름답다. 시가 식민지 조선이라는 시공간을 뛰어넘는 것도 바로 이
부분이다. 인간문화의 진보는 고통 속에서도 얼마나 인간다운 면모
를 확보하고 그것을 확장을 시켜갈 것인가의 문제로 바꾸는 보편적
인 가치에서 비롯된다.

　윤동주의 시에서 '죽음'이 아닌 '죽는 날'로 명시된 표현에는 죽
음 이후 인간의 전 생애가 평가되리라는 냉엄한 현실원칙을 떠올리
게 하고, 그 현실의 원칙에 굴복하지 않는 유연하면서도 가녀린 시
인의 빛나는 감수성이 돋보인다. 바로 뒤에 등장하는 "잎새에 이는

바람에도 나는 괴로워했다."라는 대목에서는 특히 '죽는 날'을 전제한 연유가 무엇인지를 짐작할 만하다. 그것은 이십 대 중반, 잎사귀를 흔들며 지나가는 미세한 바람에도 괴로워할 만큼 청년의 섬세한 감수성이자 엄혹한 현실과 대면한 삶의 위치와 그것에 반응하는 시인의 윤리감각이다.

어두운 시대, 밤하늘의 별 헤아리기

윤동주

별 헤는 밤

계절이 지나가는 하늘에는
가을로 가득 차 있습니다.

나는 아무 걱정도 없이
가을 속의 별들을 다 헤일 듯합니다.

가슴 속에 하나 둘 새겨지는 별을
이제 다 못 헤는 것은
쉬이 아침이 오는 까닭이요,
내일 밤이 남은 까닭이요,
아직 나의 청춘이 다하지 않은 까닭입니다.

＊출전 : 시집 「하늘과 바람과 별과 시」에서

별 하나에 추억과
별 하나에 사랑과
별 하나에 쓸쓸함과
별 하나에 동경(憧憬)과
별 하나에 시와
별 하나에 어머니, 어머니

어머님, 나는 별 하나에 아름다운 말 한 마디씩 불러 봅니다. 소
학교 때 책상을 같이했던 아이들의 이름과, 패(佩), 경(鏡), 옥(玉) 이
런 이국 소녀들의 이름과, 벌써 아기 어머니 된 계집애들의 이름과,
가난한 이웃 사람들의 이름과, 비둘기, 강아지, 토끼, 노새, 노루,
'프랑시스 잠', '라이너 마리아 릴케', 이런 시인의 이름을 불러 봅
니다.

이네들은 너무나 멀리 있습니다.
별이 아스라이 멀 듯이,

어머님,
그리고 당신은 멀리 북간도에 계십니다

나는 무엇인지 그리워
이 많은 별빛이 내린 언덕 위에

내 이름자를 써 보고,
흙으로 덮어 버리었습니다.
딴은, 밤을 새워 우는 벌레는
부끄러운 이름을 슬퍼하는 까닭입니다.

그러나 겨울이 지나고 나의 별에도 봄이 오면
무덤 위에 파란 잔디가 피어나듯이
내 이름자 묻힌 언덕 위에도
자랑처럼 풀이 무성할 게외다.

    앞서 언급한 「서시」의 핵심적인 정조 중 하나인 '별을 노래하는 마음'은 「별 헤는 밤」에서 좀더 구체적인 형상으로 빛을 발한다. 화자는 가을날의 깨끗한 밤하늘에 쏟아질 듯한 별들을 쳐다본다. 별은 엄혹한 현실에 대비되는 현실에서 시대의 어둠 때문에 더욱 빛나는 존재이다. 화자는 별을 쳐다보는 것으로 그치지 않고 그 별을 하나씩 헤며 그 안에 의미를 연계시켜 나간다. 이 행위는 목가적이면서도 슬픔을 머금고 있다. 그 까닭은 가을밤 하늘의 별들을 아무 걱정 없이 헤일 듯하나 쉽게 오는 아침과 내일 밤과 다하지 아니한 청춘 때문에 모두 헬 수 없기 때문이다.

    별 하나하나에다, 추억과 사랑과 쓸쓸함과 동경과 시와 어머니 등등의 곡진한 사연들을 새겨 넣는 모습은 시인에게 고적한 가을밤을 향유하는 미적 행위라고 할 만하다. 어머니를 불러보며 고향에서 멀리 떠나온 시의 화자는 소학교 때 함께 학교를 다녔던 이국소녀들의 이름을 떠올리기도 하고, 아이엄마가 된 소꿉동무들의 이름과, 가난한 이웃들의 이름, 비둘기·강아지·토끼·노새·노루와 같은 연약한 날짐승 길짐승들과, 프랑시스 잠이나 라이너 마리아 릴케 같은 시인의 이름을 불러본다. 익숙하게 이름을 부른다는 것은 화자가 가장 소중하게 여기는 존재들의 윤곽에 대한 응답이기도 하다. 이들이 너무 멀리 있다는 인식은 그 자신이 너무 멀리 떨어져 살아왔다는 생의 감각에서 비롯된다. 그런 인식은 별빛 내리는 언덕에서 자신의 이름을 써보고는 흙으로 덮어버린다. 이는 내면의 은밀한 부끄러움과 통한다. 내 흙으로 덮어버린 이름자와 '부끄러운 이름'을 슬퍼하는 풀벌레의 울음이 유비적인 관계를 이루는 것이다.

어두운 시대와 시인이라는 천명(天命)

윤동주

쉽게 쓰여진 시

창(窓) 밖에 밤비가 속살거려
육첩방(六疊房)은 남의 나라.

시인(詩人)이란 슬픈 천명(天命)인 줄 알면서도
한 줄 시(詩)를 적어 볼까.

땀내와 사랑내 포근히 품긴
보내 주신 학비 봉투(學費封套)를 받아

대학(大學) 노트를 끼고
늙은 교수(敎授)의 강의(講義) 들으러 간다.

─────────
＊ 출전 : 시집 「하늘과 바람과 별과 시」에서

생각해 보면 어린 때 동무를
하나, 둘, 죄다 잃어버리고

나는 무얼 바라
나는 다만, 홀로 침전(沈澱)하는 것일까?

인생(人生)은 살기 어렵다는데
시(詩)가 이렇게 쉽게 쓰여지는 것은
부끄러운 일이다.

육첩방(六疊房)은 남의 나라
창(窓) 밖에 밤비가 속살거리는데,

등불을 밝혀 어둠을 조금 내몰고,
시대(時代)처럼 올 아침을 기다리는 최후(最後)의 나.

나는 나에게 작은 손을 내밀어
눈물과 위안(慰安)으로 잡는 최초(最初)의 악수(握手).

1942년 4월 2일, 도쿄 릿쿄대학에 입학하여 그해 6월에 쓴 작품이다. 그는 이 작품과 함께 도일한 후 쓴 「흰그림자」, 「흐르는 거리」, 「사랑스런 추억」, 「봄」 등을 서울 친구에게 편지와 함께 보냈다. 1943년 7월 14일, 쿄토에서 사상범 혐의로 체포되면서 압수당한 작품과 일기가 상당분량 있었던 것으로 전해진다. 이 시의 존재는 해방후 『경향신문』에 당시 편집국장이었던 정지용에 의해 소개되었고(1947. 2. 13), 이로써 이 작품이 시인의 대표적인 유작으로 거론되기 시작했다.

이 시에서 화자는 시인으로서의 정체성을 인상적으로 보여준다. 그는 시인을 '슬픈 천명'이라 여기며 한 줄의 시를 적어나간다. 밤비 속삭이듯 내리는 식민지의 수도 도쿄, 다다미 깔린 작은 하숙방(육첩방은 다다미 1개 기준의 6개 크기의 하숙방)에서. 시인의 마음은 학비 봉투에 담긴 부모의 사랑과 노고를 떠올리며 새로운 대학생활을 맞이하는 현재를 토로한다. 하지만 이 생활 너머로 지금 가고 있는 자신의 생활과 삶의 지향을 놓고 고민한다. 어릴 적 친구들과 헤어진

채 뚜벅뚜벅 가고 있는 생활이 과연 온당한 것인지도 알 수 없다. 그런 까닭에, "나는 무얼 바라/ 나는 다만, 홀로 침전(沈澱)하는 것일까?" 하며 고민한다. '무얼 바라기 때문에' '홀로 밑바닥으로 가라앉는가'라는 질문도 마찬가지이다. 이는 자신이 처한 현실을 놓고 벌이는 내면의 성찰을 보여주는 풍경에 가깝다. 현재의 나에 대한 미진함과 불투명한 진로는 화자라고 해서 예외가 아니다.

시인으로서 정체성을 보여주는 대목도 인상적이다. "인생(人生)은 살기 어렵다는데/ 시(詩)가 이렇게 쉽게 쓰여지는 것은/ 부끄러운 일이다." '살기 어려운 인생'은 어려운 시대와 무관하지 않다. 시인의 정체성을 간직한 화자는 쉽게 쓰여지는 시를 놓고 부끄러워한다. 부끄러움은 '살기 어려운 인생'은 대응되는 '쉬운 길'일지 모른다는 자책감과 다르지 않다. 그러나 부끄러움이라는 자책감이 새로운 차원으로 들어서는 지점은 남의 나라, 작은 하숙방, 비내리는 밤을 정확히 인식하며 규정하는 다음 대목, "등불을 밝혀 어둠을 조금 내몰고,/ 시대(時代)처럼 올 아침을 기다리는 최후(最後)의 나."에서 시를 쓰는 일과 부끄러움을 느끼는 일이 "등불을 밝혀 어둠을 조금 내몰며 시대처럼 찾아올 아침을 기다리는 최후의 나"를 이끌기 때문이다. 자신을 객관화하며 가치를 부여하는 '나의 존재증명'이 바로 이 대목이다. 현실의 나에서 분리된 내면의 나, 시인의 정체성을 깨닫는 나와의 악수는 그런 까닭에 "눈물과 위안(慰安)으로 잡는 최초(最初)의 악수(握手)"인 셈이다.

우리가 꿈꾸는 아름다운 나라

김구

　나는 우리나라가 세계에서 가장 아름다운 나라가 되기를 원한다. 가장 부강한 나라가 되기를 원하는 것은 아니다. 내가 남의 침략에 가슴이 아팠으니 내 나라가 남을 침략하는 것을 원치 아니한다. 우리의 부력(富力)은 우리의 생활을 풍족히 할 만하고 우리의 강력(強力)은 남의 침략을 막을 만하면 족하다. 오직 한없이 가지고 싶은 것은 높은 문화의 힘이다. 문화의 힘은 우리 자신을 행복하게 하고 나아가서 남에게 행복을 주겠기 때문이다.

　지금 인류에게 부족한 것은 무력도 아니요, 경제력도 아니다. 자연 과학의 힘은 아무리 많아도 좋으나 인류 전체로 보면 현재의 자연 과학만 가지고도 편안히 살아가기에 넉넉하다. 인류가 현재에 불행한 근본 이유는 인의가 부족하고 자비가 부족하고 사랑이 부족한 때문이다. 이 마음만 발달이 되면 현재의 물질력으로 20억이 다

---

* 출전 : 「내가 원하는 우리나라」-『백범일지』

편안히 살아갈 수 있을 것이다. 인류의 이 정신을 배양하는 것은 오직 문화이다.

나는 우리나라가 남의 것을 모방하는 나라가 되지 말고 이러한 높고 새로운 문화의 근원이 되고 목표가 되고 모범이 되기를 원한다. 그래서 진정한 세계의 평화가 우리나라에서, 우리나라로 말미암아서 세계에 실현되기를 원한다. 홍익인간(弘益人間, 인간 세상을 널리 이롭게 함)이라는 우리 국조(國祖) 단군(檀君)의 이상이 이것이라고 믿는다.

또 우리 민족의 재주와 정신과 과거의 단련이 이 사명을 달성하기에 넉넉하고 우리 국토의 위치와 기타 지리적 조건이 그러하며, 또 1차, 2차의 세계 대전을 치른 인류의 요구가 그러하며, 이러한 시대에 새로 나라를 고쳐 세우는 우리가 서 있는 시기가 그러하다고 믿는다. 우리 민족이 주연 배우로 세계 무대에 등장할 날이 눈앞에 보이지 아니하는가.

이 일을 하기 위하여 우리가 할 일은 사상의 자유를 확보하는 정치 양식의 건립과 국민 교육의 완비다. 내가 위에서 자유와 나라를 강조하고 교육의 중요성을 말한 것은 이 때문이다.

최고 문화 건설의 사명을 달한 민족은 일언이폐지(一言以蔽之)[01]하면 모두 성인(聖人)을 만드는 데 있다. 대한 사람이라면 간 데마다 신용을 받고 대접을 받아야 한다. 우리의 적이 우리를 누르고 있을

---

01 한 마디로 줄여 말함.

때에는 미워하고 분해하는 살벌, 투쟁의 정신을 길렀었거니와, 적은 이미 물러갔으니 우리는 증오의 투쟁을 버리고 화합의 건설을 일삼을 때다. 집안이 불화하면 망하고 나라 안이 갈려서 싸우면 망한다. 동포 간의 증오와 투쟁은 망조다. 우리의 용모에서는 화기가 빛나야 한다. 우리 국토 안에는 언제나 춘풍이 태탕[02]하여야 한다. 이것은 우리 국민 각자가 한번 마음을 고쳐먹음으로 되고 그러한 정신의 교육으로 영속될 것이다. 최고 문화로 인류의 모범이 되기로 사명을 삼는 우리 민족의 각원(各員)은 이기적 개인주의자여서는 안 된다. 우리는 개인의 자유를 극도로 주장하되, 그것은 저 짐승들과 같이 저마다 제 배를 채우기에 쓰는 자유가 아니요, 제 가족을, 제 이웃을, 제 국민을 잘 살게 하기에 쓰이는 자유다. 공원의 꽃을 꺾는 자유가 아니라 공원에 꽃을 심는 자유다.

우리는 남의 것을 빼앗거나 남의 덕을 입으려는 사람이 아니라 가족에게, 이웃에게, 동포에게 주는 것으로 낙을 삼는 사람이다. 우리 말에 이른바 선비요, 점잖은 사람이다.

그러므로 우리는 게으르지 아니하고 부지런하다. 사랑하는 처자를 가진 가장은 부지런할 수밖에 없다. 한없이 주기 위함이다. 힘드는 일은 내가 앞서 하니 사랑하는 동포를 아낌이요, 즐거운 것은 남에게 권하니 사랑하는 자를 위하기 때문이다. 우리 조상네가 좋아하던 인후지덕(仁厚之德)이란 것이다.

---

02 봄날의 날씨가 화창하다

238

이러함으로써 우리 나라의 산에는 삼림이 무성하고 들에는 오곡 백과가 풍성하며 촌락과 도시는 깨끗하고 풍성하고 화평할 것이다. 그리하여 우리 동포, 즉 대한 사람은 남자나 여자나 얼굴에는 항상 화기가 있고 몸에서는 덕의 향기를 발할 것이다. 이러한 나라는 불행하려 하여도 불행할 수 없고 망하려 하여도 망할 수 없는 것이다.

민족의 행복은 결코 계급 투쟁에서 오는 것도 아니요, 개인의 행복이 이기심에서 오는 것이 아니다. 계급 투쟁은 끝없는 계급 투쟁을 낳아서 국토에 피가 마를 날이 없고, 내가 이기심으로 나를 해하면 천하가 이기심으로 나를 해할 것이니, 이것은 조금 얻고 많이 빼앗기는 법이다. 일본이 이번에 당한 보복은 국제적, 민족적으로도 그러함을 증명하는 가장 좋은 실례다.

이상에서 말한 것은 내가 바라는 새 나라의 용모의 일단을 그린 것이거니와 동포 여러분! 이러한 나라가 될진대 얼마나 좋겠는가. 우리네 자손을 이러한 나라에 남기고 가면 얼마나 만족하겠는가. 옛날 한토(漢土)의 기자(箕子)가 우리나라를 사모하여 왔고, 공자께서도 우리 민족이 사는 데 오고 싶다고 하였으며 우리 민족을 인(仁)을 좋아하는 민족이라 하였으니, 옛날에도 그러하였거니와 앞으로도 세계 인류가 모두 우리 민족의 문화를 이렇게 사모하도록 하지 아니하려는가.

나는 우리의 힘으로, 특히 교육의 힘으로 반드시 이 일이 이루어질 것을 믿는다. 우리나라의 젊은 남녀가 다 이 마음을 가질진대 아니 이루어지고 어찌하랴.

나도 일찍 황해도에서 교육에 종사하였거니와 내가 교육에서 바라던 것이 이것이었다. 내 나이 이제 칠십이 넘었으니 몸소 국민 교육에 종사할 시일이 넉넉지 못하거니와, 나는 천하의 교육자와 남녀 학도들이 한번 크게 마음을 고쳐먹기를 빌지 아니할 수 없다.

해설

　『백범일지』는 30여 년을 독립운동에 헌신한 노 정치가의 유일하고도 확신에 찬 기록이다. 그러한 그가 해방을 맞으면 어떤 나라를 건설할 것인가에 대해 구체적으로 언급한 내용이 바로 이 글이다.

　백범이 소망했던 우리나라의 미래는 무엇인가. 그가 바란 나라의 외형적인 성장은 대부분 이루어졌다. 해방 직후 아프리카의 최빈국보다도 더 가난했던 이 나라가 시혜를 베푸는 나라로 전환되었기 때문이다. 해방 직후 꿈꾸었던 하나가 된 독립국가의 꿈은 여전히 이루지 못한 상태이다. 그러나 식민지배에서 벗어나자마자 두동강 난 한반도에서 힘겨웁게 70여 년을 살아오면서 이 나라는 세계 10위권에 속하는 무역대국, 한류를 전파하는 문화강국으로 성장했다. 이 나라가 세계인들의 존경을 한몸에 받고 있는 것은 엄연한 현실이다. 제러미 리프킨과 같은 이는, 우리나라의 놀라운 경제성장을 오래된 제도와 전통의 힘에서 찾고 있다.

　지금 우리 구성원들의 마음 한켠에는 밝음과 어두움이 교차한다. 밝은 현실의 많은 부분은 풍요와 편리함으로 채워진 눈앞의 삶이

다. 어두운 현실은 활력이 사라진 지점에서 발견되는 수많은 정치
경제, 사회문화의 문제들이다. 소득 불균형, 계층과 정보의 격차,
청년실업, 노인인구의 폭발적 증가 등등이다. 가능성과 활력을 더
해 발전해 나가려면, 무엇보다도 우리 자신들에게 꿈이 필요하고,
그 꿈을 격려하고 이끌어주는 모든 세대의 사랑과 관심이 필요하
며, 한 사람 한 사람을 인간답게 대접하는 사회적 합의와 제도가 필
요하다.

1

한때, 책을 읽을 때마다 궁금증 하나가 있었다. 문학작품에 등장하는 주인공은 왜 청년인가, 왜 청년이어야 하는가, 이 허구의 세계는 청년들만 너무 편애하는 게 아닐까…… 등등. 그 의문은 전문 독자가 된 이후, 그러니까 내가 문학 연구자가 되고 난 훨씬 뒤에야 어렴풋하게나마 풀렸다.

작가는 '말할 수 없는 이들'(서발턴)의 삶, 미해결의 역사와 침묵된 기억을 불러내어 대신해서 말하는 존재이다. 작가가 한 사람의 주인공을 창안하는 일은 신이 우주를 창조하는 것에 자주 비유된다. 오죽하면 작가를 영매, 주술사, 신의 전령사라고 불러왔던가. 이들이 청년을 통해 보여주려는 것은 과연 무엇일까.

지옥 입구에는 〈이 문을 들어서는 자, 모든 희망을 버리라〉라고 쓰여 있다. 지옥의 문은 자주 중년의 잿빛 삶에 비견된다. 중년 이후의 삶이란 삶의 비밀을 알아버린 자들의 나태와 육체적 안락, 변화를 두려워하는 타협의 면모가 우세하다. 청년의 활달한 삶은 중

년의 잿빛 삶과 대비된다. 청년에게 삶에 대한 변혁의 요청이 많아
지고 청년의 역할이 강조되면 그 세계는 분명 난세가 아닐 수 없
다. 난세에 청년은 그 곤경을 극복할 수 있는 유일한 희망이기 때
문이다.

　최초의 근대소설로 언급되는 이광수의『무정』에는 삼랑진 수해
장면이 등장한다. 장마와 홍수는 불가항력의 천재지변이다. 작가
이광수는 이 천재지변을 일제의 식민지배에 겹쳐 놓고 가난과 인
습에 속박된 민족의 처참한 삶을 우회적으로 드러내는 장치로 삼
았다. 그는 문학의 쓰임새를 '정(情, 감정)'에 있다고 보았고, 그러한
정의 충만함을 전파함으로써 더 나은 세상을 꿈꾸며 청년을 등장
시켰다.『무정』에서 더 나은 세상을 꿈꾸는 이들 역시 인습을 타파
하고 '과학'을 배워 모국을 견인하는 청년들이다.『무정』에서 보
듯, 식민지가 된 근대 초기 조선의 청년들에게 민족은 하나의 종교
였다. 유명한 청년의 목소리에는 식민 통치라는 혹독한 '겨울'을
'강철로 된 무지개'(「절정」)라고 노래한 시인 이육사가 있고, "산불
이/ 어린 사슴들을/ 거친 들로 내"몬 현실에서 시인 임화는 "아무
러기로 (…) 평안이나 행복을 구하여,/ 이 바다 험한 물결 위에 올
랐겠는가?"(「현해탄」) 라고 노래했다. 민족을 향한 그들의 사랑은 이
성에 대한 사랑에 머물지 않고 '만인에 대한 사랑'으로 확장시켰
고, 꼭 그만큼 세상은 밝은 빛으로 채워졌다.

2

오늘날 통용되는 '헬조선'이라는 말은 청년들의 좌절과 절망의 깊이에 대한 구체적인 반응이어서 가슴이 아프다. 금수저/ 흙수저의 태생 논란도 마찬가지다. 그 근저에는 계층간 활발한 이동이 막혀버린 세상, 역동성을 잃어버린 한국사회의 온갖 병폐에 대한 청년들의 비판적 사유가 흐르고 있다. 이는 물길이 막혀버린 생태계를 향해 던지는 일종의 경고이다. 강물이 흐르지 않으면 물은 썩고 고기들의 약동은 없어질 것이고 힘차게 날갯짓 하는 새들의 비상은 사라지고 만다.

눈앞에 보이는, 오늘의 한국사회를 향해 만들어내는 청년들의 말과 논쟁들에 주목해야 하는 이유가 각별하다. 이들의 말과 논쟁에는 그들이 꿈꾸는 세상이 무엇이고 그들이 살고 싶어하는 세계가 반영되어 있기 때문이다. 청년의 마음이, 그들의 사랑이 어른들의 세상과 불화하는 데에는 기성세대의 책임 몫이 훨씬 크다. 이기적인 청년의 모습도, 나약한 청년의 모습도 기성세대의 압도적인 힘으로 투사, 강요한 결과 빚어낸 비루한 형상들이기 때문이다.

문학 속 청년의 마음과 청년의 사랑이 아름다운 것은 그것을 아름답게 표현했기 때문이 결코 아니다. 청년의 삶을 다룬 이야기와 시는 청년들이 아파하고 좌절과 슬퍼하는 면모가 훨씬 두드러진다. 그들이 좌절한 만큼, 그들의 사랑은 대부분 실패로 돌아간다. 심훈의 『상록수』에서 '최용신'의 죽음이 그러하고, 강경애의 『인간

문제』에서 '선비'의 죽음이 그러하다. 하지만 그들의 죽음이 헛되지 않은 것은 그들이 품은 마음과 사랑 때문이다. 이들이 가진 포부와 이상이 크면 클수록 그들 앞에 있는 세계는 난폭하고 모순을 백일하에 드러낸다.

청년이 아름다운 것은 인간의 생애에서 가장 빛나는 시기이기 때문이고, 경제적으로는 결코 설명할 수 없는 그들의 이타적 헌신과 배려, 이상 실현을 위해 자기희생을 두려워하지 않는 면면 때문이다. 어린이는 그런 사고와 행동을 단행하지 못한다. 그러나 청년은 세계에 대한 자신감과 변화를 두려워하지 않는 담대함을 갖추고 있다. 그들은 순수하고 그런 만큼 이상을 갈망한다. 이들은 사회에 순치된 편견과 도처에 횡행하는 사회악을 대면할 때 그 불의를 불의라고 지목할 줄 안다. 이들은 기성세대가 가진 불의나 사회악과 얼마간 타협해버린 관행이라 불리는 사회적 인습과 가장이기 때문에 묵인하고 지나쳐버리는 것들을 좌시하지 않는다. 문학에서 보듯, 사회의 미래를 고민하는 청년의 패기와 헌신, 사랑이 보고 싶다.

3

'홀로'라는 말은 요즘 청년들에게는 어떤 문맥일까. 내겐 그 의미가 남다르다. 이 말은 성장기의 불투명한 하루하루에서 은밀하고 속삭이듯 내 자신과 대화하는 소중한 시간의 '공간감각'으로 여겨진다. 문화는 '홀로'인 상태에서 자라난다. 아름다운 '협동'마저 '홀로'인 개체상태에서 시작되기 때문이다.

태어나면서 "천상천하 유아독존(天上天下 唯我獨尊, 하늘 위로 또, 하늘 아래로 오직 나 홀로 존귀하다)"라고 외쳤던 싯달타 붓다의 말이나, "소리에 놀라지 않는 사자처럼, 그물에 걸리지 않는 바람처럼, 진흙에 더럽혀지지 않는 연꽃처럼, 무소의 뿔처럼 혼자서 가라."(『숫타니파타』 71)라는 전언도 모두 '혼자'를 대전제로 삼는다. 이는 존재 자체가 본래 가지고 있는 가치를 가감없이 그리고 거칠 것 없이 드러내라는 전제에서 출발한다는 점에서 일치한다.

글을 읽거나 책을 읽을 때는 얼마간 준비가 필요하다. 우선, 번잡한 일상사에서 벗어나 다른 이들과 접촉하지 않는 어둡지 않고 조금은 조용한 장소가 필요하고, 다음으로는 잠시 눈길을 한곳에 고정시킬 혼자만의 시간이 필요하다. 그런 다음 우리는 비로소 활자가 빚어내는 의미와 이를 사유하는 땅으로 들어설 수 있게 된다.